또 오해하는 말
더 이해하는 말

또 오해하는 말
더 이해하는 말

조유미 지음

삼키기
버거운
말은

거르기로
했다

허밍버드
Hummingbird

사람을 죽이는 것도 말이고, 사람을 살리는 것도 말이다

관계의 중심에는 항상 '말'이 있었다.

어떤 말은 가시처럼 돋아서 상처로 남았고, 어떤 말은 보석처럼 빛나서 희망이 되었다. 그렇기에 어떻게 해야 오해 없이 내 마음을 전할 수 있을지, 어떻게 하면 나와 다른 상대방의 마음을 이해할 수 있을지, 건강한 관계를 맺기 위해 말 또한 배움이 필요한 영역이었다.

어떤 이유로 관계가 소원해진 사람 또는 자주 못 봐도 고마움을 느끼는 사람을 떠올릴 때, 그 사람이 나에게 어떤 말을 했느냐에 따라 감정의 온도가 달라진다. 그걸 알기에 나는 대화를 나눌 때 상대방의 어투와 표정을 민감하게 파악해 기분을 헤아리고, 같은 말이라도 더 신경 써서 따뜻하게 말하려고 노력한다. 내가 건넨 말로 나의 인상이 결정될 테니까. 좋게 표현하면 섬세하고 나쁘게 표현하면 피곤한 성격인데, 그 덕분에 나는 말의 힘에 대해 더 관심을 갖고 들여다보게 되었다.

왜 나는 그 말이 아팠을까? 어떻게 하면 그 말을 잊을 수 있을까? 소중한 사람에게 어떤 말을 해 주면 좋을까? 나의 말에 힘을 실을 수는 없을까? 오해와 이해 속에서 끊임없이 고민했고, 내 나름의 답을 한 문장씩 써 내려갔다.

남이 무심코 던진 말에 하루 종일 감정을 소모하거나, 사람과 만날 때 관계가 동등하지 못하고 감정 쓰레기통이 되는 사람을 위해 나의 온 세월 동안 수집한 삶의 문장을 이 책에 담았다. 매일 얽히는 오해, 그걸 풀어 가기 위한 이해. 그 중간 어디쯤에서 고군분투하고 있는 오늘의 당신에게 위로가 되기를 바란다.

2022년 1월

올해의 시작을 알리는 조유미

PART 02

관계. 타인을 현명하게
받아들이는 말

PART 03

일. 더 넓은 세상으로
나아가게 하는 말

PART 04

마음가짐. 흔들리지 않도록
단단하게 붙잡아 주는 말

PART 05

태도. 내 삶의 방향을
들려주는 말

나.

내 감정의
주인이 되는 말

나의 쓸모를
찾지 않아도 된다

"쓸모는 네가 정할 수 있는 게 아니야.
서서히 알게 되는 것이지."

광화문에 있는 대형 서점에 놀러 가 에세이 코너에서 한참을 머물다 오는 게 나의 취미 중 하나이다. 그곳에서는 혼자 와서 조용히 둘러보다 책 한 권을 집어 가는 분, 친구끼리 와서 "책 뭐 살까?" 하며 수다 떠는 분 등 다양한 사람을 만날 수 있기 때문이다. 그러다 몇 년 전, 내 마음에 조금 깊게 박히는 가시 돋친 말을 듣게 되었다.

"난 에세이 안 읽어. 개나 소나 다 쓰잖아. 저런 글은 나도 쓰겠다."

틀린 말이 아니어서 더 아팠다. 실제로 써 보면 다른 생각이 들지도 모른다고 말하고 싶기도 했지만, 자신의 이야기를 쓰면 그것이 에세이인 건 맞으니까 쉽게 반박할 수도 없었다. 그때부터인가, 글을 쓰는 것에 약간의 강박증이 생겼다. '개나 소나 다 쓰는 글'을 쓰면 꾸준히 나를 찾아 주시는 독자님들에게 실망을 안겨 드릴 것만 같았다. 그때부터 눈앞에 독자님들의 불만족스러운 표정이 둥둥 떠다녔고, 손가락을 쉽게 움직이지 못하게 되었다. 하루에 한 편씩 글을 써서 주변 동료들이 '글 뽑아내는 성실한 기계'라고 불러 주던 나였는데, 무조건 잘 써야 한다는 부담감에 한 글자도 못 쓰겠는 '글럼프(글쓰기와 슬럼프의 합성어)'가 와 버렸다. 예전에는 즐거운 마음으로 일해서 글을 쓰는 데 막힘이 없었는데 이제는 단어 하나하나, 심지어 쉼표의 위치까지도 신경이 쓰였다. 글 한 편을 완성하고 나면 뿌듯함보다는 "이게 쓸모가 있을까?" 하는 냉철한 평가가 뒤따랐고, 그 글이 쓸모없는 글이라고 판단되면 마치 내가 쓸모없는 사람이 된 것만 같은 기분이 들었다. 글만 바라보는 삶을 사는데 그 글이 쓸모가 없으니 내 방향성을 부정당하는 것만 같았다. 쓸모가 있어야만 했다. 일을 통해서 자아를 실현하는 내게는 중대한 사안이었다.

비즈니스 메일로 출간 계약 문의가 들어오는데 미팅을 나갈 용기가 없었다. 계약서에 도장을 찍으면 의무적으로라도 원고를 완성시켜야 하기 때문이다. 지금은 다른 곳과 계약이 되어 있지 않아 의무감을 가지지 않아도 된다. 그럼에도 압박감에 연습 삼아 쓰는 글조차 한 글자도 못 쓰고 있는데 어떻게 미팅을 갈 수 있을까. 친한 편집자에게 속사정을 털어놓았더니 그녀는 핸드백에 있던 무언가를 꺼내며 말했다. 그리고 그 말은 내 생각을 바꿔 놓았다.

"쓸모는 네가 정할 수 있는 게 아니야. 봐 봐, 어떤 사람이 너한 테 이 두통약을 줬다고 생각해 봐. 너 지금 머리 안 아프잖아. 그럼 이건 아무짝에도 쓸모가 없는 거야. 근데 이 약을 머리가 아픈 사 람한테 주잖아? 그러면 완전 쓸모 있게 되는 거지. 글도 마찬가지 인 거야. 네가 쓴 글이 읽는 사람의 상황과 잘 어울리면 '와, 잘 썼 다'라는 평가를 받을 수 있는 것이고, 그게 아니라면 그저 그런 글 이 되는 거겠지. 네가 결정할 수 있는 게 아니야. 네가 할 수 있는 건 그저 진심을 다해 쓰는 것뿐이지. 좀 무책임하게 보일 수도 있 는 말인데, 이럴 땐 '하다 보면 되겠지~' 하고 편안하게 맡기는 게 좋아. 성공한 사람들 인터뷰 보면 열심히 노력한 것도 있지만 운 도 따라 줬다고들 하잖아. 그 말이 맞는 것 같아. 운도 따라 줘야 돼. 아무리 악으로 깡으로 해도 안 되는 건 안 되더라고. 그걸 아니 까 일할 때 열심히는 하는데 목매지는 않아. 하다 보면 되겠지. 그 렇게 생각하는 편이야."

사회학자 찰스 쿨리 Chales H. Cooley 가 소개한 '거울 자아 Looking glass self' 이론은 타인의 평가나 기대를 통해 사회적 자아가 형성된다고 말한다. 타인의 반응이 거울이 되어 사람들에게 자신이 어떻게 비 칠지 생각하게 만들고, 좋은 모습으로 비치기 위한 행동들만 골라서 하는 것을 의미한다. 예를 들어, 어느 날 친구에게 "너 진짜 말랐다. 같은 옷을 입어도 네가 입으면 태가 나는 것 같아"라는 칭찬을 받았다고 가정하자. 일부러 몸매 관리를 한 건 아니었는데 예쁘다는 말을 들으니 기분이 좋았다. 마른 몸매가 내 매력 중 하나라는 걸 인식하게 되고, '몸매가 예뻐서 나를 좋아하는 건가?'라는 생각을 하게 된다. 이전까지는 별생각 없었는데 그 이야기를 들은 후로는 다이어트를 해야 할 것만 같은 강박이 생겼다. 살이 찌면 사람들이 나를 싫어할 테니까. 그래서 점점 음식을 먹는 행위에 죄책감이 들고, 극심한 다이어트까지 하게 된다. 이 외에도 사람들의 반응이 좋을 것 같은 글만 SNS에 올린다거나 칭찬을 받으려고 일부러 착한 일을 하는 것도 거울 자아 이론으로 설명된다.

사람들의 선택을 받아야만 먹고살 수 있는 직업이다 보니 나도 모르게 '거울'에 집착했던 것 같다. 그런데 돌이켜 보면 참 희한하게도, 아직도 회자될 만큼 사랑받고 있는 글은 다른 사람을 의식하지 않고 썼던 글이었다. 그저 무언가를 쓰고 싶은 마음으로 하루 종일 몰입해서 썼던 글. 읽을 사람들의 반응을 미리 고려하거나 책 제목으로 쓸 수 있는 강력한 문장부터 생각하고 썼던 글은 오히려 반응이 뜨뜻미지근했다. 거울에 집착하느라 원래부터 내가 잘하고 있던 걸 잃은 셈이다.

한참 전에 나온 노래가 역주행해서 음원 차트를 석권하거나 젊었을 때 인기 있었던 연예인이 50, 60대에 다시 전성기를 맞는 사례를 보며 많은 사람이 에너지를 얻는다고 한다. '나에게도 때가 오겠지', '나도 늦지 않았어' 하는 응원을 얻기 때문이다. 인기만을 좇아 발버둥 칠 때는 묻혔는데 삶의 흐름에 맡기다 보니 우연한 기회가 운명이 되어 왔던 것이다.

흐름에 따라 저절로 찾아지는 것들이 있다. 욕심이 과할수록 조급한 마음에 지나친 행동으로 나답지 않은 선택을 할 때도 있으니까. 그러니 쓸모에 대해 집착하거나 나의 쓸모를 규정짓기보다는 음악에 몸을 맡기듯 인생의 리듬에 맞춰 지금을 즐기자. 내가 무엇이 될지, 무엇을 이루어 낼지는 아무도 모른다. 쓸모없는 사람인 것 같은 기분으로 아까운 시간을 낭비하지 말자. 스스로 즐겁게 몰두하는 순간들이 쌓이다 보면, 어느 날 운명의 순간이 찾아올 것이다.

가면을
쓰지 말아야 한다

"매일 괜찮지 않아도 돼.
항상 괜찮은 게 더 이상한 거 아니야?"

열심히 준비했던 원고가 하염없이 밀린 적이 있었다. 출간 전에 원고가 한두 달 밀리는 건 만연한 일이라 처음에는 크게 신경 쓰지 않았는데, 이유조차 모른 채 해가 바뀌니까 생계가 점점 곤란해졌다. 이 사실을 아무에게도 말하지 않고 속으로 앓고 있었는데 원고를 오래전에 마감한 걸 아는 친구 P가 평소와는 다르다는 걸 느꼈는지 안부를 물었다.

"너 그 원고 작년에 드렸다고 하지 않았어? 출간이 이렇게 미뤄지는 건 처음인 것 같은데 괜찮아?"

괜히 걱정시키고 싶지 않아서 대수롭지 않게 말했다.

"회사에 이런저런 사정이 있대."

P는 내 대답이 만족스럽지 않다는 듯 다시 물었다.

"회사 사정 말고 네 마음은 어떠냐고 물은 건데. 괜찮은 거야?"

표정을 보니 그냥 넘어가 줄 것 같지 않아서 솔직한 기분을 전했다.

"괜찮으려고 매일 노력 중이야. 안 괜찮으면 안 될 것 같아서."

그러자 P는 내 손을 꼭 잡아 주며 따스하게 말해 줬다.

"매일 괜찮지 않아도 돼. 안 괜찮은 건 안 괜찮은 거야. 항상 괜찮은 게 더 이상한 거 아니야? 안 괜찮을 수도 있는 거지."

그 말을 듣자 창피함이 올라와 얼굴이 붉어졌다. 정당한 내 감정을 숨기는 바보 같은 모습을 들킨 것만 같아서.

누군가 나에게 "당신은 긍정적인 사람이냐 부정적인 사람이냐"라고 묻는다면 긍정적인 사람에 가깝다고 말한다. 타고난 긍정인은 아니지만 밝은 사람이 되고 싶다는 의지가 강한 편이라 노력으로 밝게 살아가는 타입이었다. 때로는 그런 의지가 독이 될 때가 있다. 노력을 한다는 건 애초에 가지지 못한 걸 가지려 한다는 의미이기도 했다. 주기적으로 찾아오는 우울함은 하늘에서 비가 내리는 것처럼 막을 수가 없었다. 하지만 전반적인 사회 분위기가 '긍정적인 게 좋은 거야', '긍정적으로 살아'라고 퍼져 있어서 우울이 찾아와도 그걸 우울로 받아들이지 못했다. 우울한 사람이 되면 왠지 사회에 불만이 많은 사람처럼 비칠 것만 같아서 "저 지금은 되게 부정적이에요"라고 민낯을 드러낼 용기가 없었다.

일본 오사카쇼인여자대학大阪樟蔭女子大學의 나쓰메 마코토夏目誠 교수가 처음 사용한 심리학적 의학 용어인 '스마일 마스크 증후군 Smile mask syndrome'은 밝은 모습을 유지해야 한다는 강박에 슬픔과 분노와 같은 감정을 제대로 발산하지 못하고 심리적으로 불안정한 상태를 보이는 것을 말한다. 가면성 우울증이라고도 한다. 외적으로 스트레스를 받고 있음에도 불구하고 그것을 부정하며 자신의 감정을 억누르는 것이다. 이러한 강박이 지속되다 보면 자신이 어떠한 감정을 느끼고 있는지 지각하지 못하게 되고, 자신을 포장하기 바빠지며, 식욕 감퇴, 무력감, 회의감, 두통, 소화불량 등의 증상을 겪게 된다고 한다.

그동안 나는 가면을 쓰고 살았다. 괜찮은 척, 무난한 척, 즐겁게 살아가는 척. 그러나 '척'이라는 건 아주 잠깐의 방패막이일 뿐, 유통기한이 길지 못했다. 설령 방패막이가 기능이 좋아서 오래 버텨 준다 하더라도 그 기간 동안 속은 곪아 간다.

스스로의 마음을 일부러 속일 필요는 없다. 매일 행복하지 않아도 되고 매일 사랑하지 않아도 되고 매일 즐겁지 않아도 된다. 매일 괜찮지 않아도 된다. 부정적인 감정도 나에게 주어진 소중한 감정이다. 그 또한 존중하며 자신의 감정을 객관화하는 연습이 필요하다. 감정의 주인이 되라는 의미는 늘 행복하라는 것이 아니다. 지금 느끼는 감정에 정확한 이름을 붙여 주고 '그럴 수도 있지'

라며 인정하는 것이다. 인생은 상승 곡선을 찍기도 하지만 하강 곡선을 찍을 때도 있다. 지금은 마냥 좋아도 마냥 싫은 날도 온다. '우울'이라는 감정도 우리가 생을 마감하기 전까지 함께 가는 친구이기에 모른 척하거나 배척하기보다는 함께 가는 법을 배워야 한다. 우울할 땐 우울하다고 터놓고 말하자. 나 혼자 간직하고 있을 땐 거대한 괴물 같았는데 다른 사람과 공유하며 안에 있던 걸 배출하고 나면 그 무게감이 훨씬 가벼워진다. 화날 땐 화내도 괜찮다. 슬플 땐 슬퍼해도 괜찮다. 우울할 땐 우울해도 괜찮다. 이 모든 게 내가 감정을 가지고 이 땅 위에 살아 숨 쉬고 있다는 소중한 증거니까.

단점을 더
두드러지게 만드는 자격지심

> " 저는 안 됐는데 그 친구는 됐더라고요.
> 아무래도 저는 소질이 없나 봐요. "

직업을 하나 더 가지고 싶어서 작사 학원을 다니며 시안 쓰는 연습을 했었다. 그곳에서 만난 동료 C가 있는데, 함께 발전하기 위해 서로 피드백을 해 주며 친하게 지내는 관계였다. C는 피드백 모임을 하는 동료들 중에서 작사를 시작한 지 가장 오래된 사람이었고, 제출하는 가사들을 보면 큰 기복 없이 두루두루 잘 쓰는 편이었다. 게다가 성실함까지 탑재해서 대부분의 시안에 참여했었다. 그래서 시안을 주고받은 지 얼마 되지 않았을 때부터 이분이 우리 사이에서 가장 성공할 거라 직감했었다. 그런데 예상과는 달리 나를 포함한 다른 사람들은 시안이 채택되기 시작했는데 그분만 감감무소식이었다.

자신보다 늦게 시작한 사람도 하나둘씩 이름을 올리는데 자신만 안 되니까 속상했는지 C가 속에 있는 아픔을 털어놓았다.

"제가 제안해서 저랑 같이 작사를 시작한 친구가 있는데 그 친구의 시안은 또 채택된 것 같더라고요. 제 것은 안 되고…… 시작한 지 몇 개월 안 됐을 때는 저도 곧 될 줄 알고 진심으로 축하해 줬는데 그 친구가 잘되는 동안 제 것은 하나도 안 되니까 점점 비교되고 재미가 없어져서 어떻게 해야 될지 모르겠어요."

각자의 부족함을 채워 주며 공생하는 관계이기도 하지만 하나의 시안을 두고 경쟁해야만 하는 관계라 친구끼리 질투하는 모습도 이해가 안 되는 건 아니었다.

6개월 뒤, 여느 날과 다름없이 피드백을 마무리하며 서로의 근황에 대해 이야기를 나누고 있었다. 다른 사람들은 글 쓸 때의 고충, 겸업의 힘듦, 예전에 썼던 시안 콘셉트에 관한 질문 등을 했는데 C의 입에서는 친구의 이야기가 또 먼저 튀어나왔다.

"지난번에 다 같이 했던 시안, 저는 안 됐는데 그 친구는 됐더라고요. 저는 아무래도 소질이 없나 봐요."

시무룩해진 C를 본 다른 동료가 독려했다.

"그런데 C 님 시안이 초반이랑 조금 달라진 것 같아요. C 님만의 색깔이 없어진 느낌? 예전에 쓰신 글들 보면서 공부하시면 도움이 될 것 같아요."

C는 정곡을 찔렸다는 듯 멋쩍게 웃으며 대답했다.

"맞아요. 제가 지금 2년째 하고 있는데, 해도 해도 안 되니까 한 줄이라도 채택되고 싶어서 안전하게 쓰려고 하게 되더라고요.

그래서 그런가 봐요."

처음 C를 만났을 때 그가 자기소개를 하던 모습을 아직도 기억하고 있다.

"다른 분들도 물론 좋아서 하시는 것이겠지만, 저는 이 일이 정말로 진심으로 좋아서 하는 것이거든요. 그래서 여러분의 피드백을 받으면서 더 성장하고 싶습니다!"

어색한 공기에서 온화한 미소를 보이며 당차게 포부를 밝히던 C였다. 그렇게 강렬한 첫인상을 준 예전의 C는 점점 색을 잃어 가는 중이었고, 최근에 연락이 닿았을 때는 시안을 안 쓴 지 한 달이 넘었다고 했다.

"자꾸만 비교가 되어서요. 출시된 음원의 가사를 확인해 보면 분명히 나보다 못 쓴 것 같은데 왜 내 건 안 되고 저건 됐을까. 저보다 잘 쓴 가사도 분명히 많았지만 몇몇 개는 제가 더 잘 썼는데 떨어지니까 화가 나더라고요. 그런 제 모습이 너무 못나 보이고……."

하나의 곡에 두 개의 콘셉트로 시안을 써 올 정도로 열정이 가득했던 C가 키보드에서 손을 뗀 이유였다.

의사이자 심리학자인 알프레드 아들러 Alfred Adler가 말하길, 열등감은 인간이 보편적으로 느끼는 감정이라고 한다. 흔히 열등감 하면 나쁜 것, 안 좋은 것, 가지면 안 되는 것이라고 표현하지만 아들러는 창조성의 원천이라며 오히려 좋게 평가했다. 자신이 열등감을 느끼는 부분을 극복해 나가기 위해 노력하게 되고, 스스로를 완성시키기 위해 발전하려고 하기 때문이다. 하지만 우리는 열등감을, 우리를 성장하게 만드는 발판이 아닌 화살을 쏘는 도구로 사용한다. 때로는 그 화살을 자신에게 쏴서 스스로를 책망하고, 때로는 그 화살을 타인에게 쏴서 그를 깎아내린다. 열등감으로 에너지를 폭발시켜 높은 벽을 훌쩍 넘는 구름판으로 이용해야 하는데, 미워하는 것에 모든 에너지를 소비했기에 열등감의 긍정적인 측면을 발휘하지 못하는 것이다.

잘하는 것이 있으면 못하는 것도 있고, 좋은 부분이 있으면 싫은 부분도 있고, 넘치는 부분이 있으면 부족한 부분도 있다. 나만 그런 것이 아니라 모두가 그렇다. 우리는 신이 아닌 인간이기 때문이다. '저 사람은 왜 하는 것마다 다 잘되고, 아무리 탈탈 털어도 먼지 하나 안 나오지?' 싶은 사람도 분명히 있다. 하지만 그건 타인의 시선으로 봐서 보이지 않는 것이지 당사자가 어떤 걱정을 가지고 있는지는 아무도 모르는 것이다.

사람마다 빈 곳이 있는 건 자연스러운 일이다. 빈 곳은 노력으로 보완해서 채우면 된다. 해당 분야에 재능이 없어서 아무리 애를 써도 메워지지 않는다면, 아직 빛날 시기가 오지 않았거나 빈 곳을 채울 보물이 다른 분야에 있어서이다. 어떤 곳에서든 어떤 방식으로든 결국에는 빛날 당신이다. 그러니 지금 당장 안 된다고 해서 나 또는 타인에게 화살을 쏘면 안 된다. 건강하지 못한 마음과 한쪽으로 치우친 생각은 나만 손해 보는 선택이다. 빛날 시기를 내 손으로 미루는 것밖에 되지 않는다. 열등감으로 누구를 다치게 하는 것이 아니라 한계를 딛고 일어나는 매개체로 이용해야 한다. 건강한 열등감으로 내 안의 불꽃을 키워 세상의 빛이 되자.

04

혼잣말도
내가 듣는 말이다

"내가 나를 믿어 줄 때
그때 내가 가장 강해지는 거야."

한동안 잠들기 전에 희뿌연 물안개가 찾아오곤 했다. '이대로 잠들어서 영영 눈뜨지 않았으면 좋겠다'는 생각을 했다. 죽는 건 무서운데 사는 건 더 무서웠다. 기댈 곳이라곤 잠뿐이어서 내리 잠만 잤다. 집 안의 불이란 불은 다 꺼 두고 암막 커튼을 친 채 하루 종일 잠만 자니, 지금이 몇 시인지 오늘이 무슨 요일인지 지각하는 게 둔해질 정도였다.

아무것도 하기 싫어서 핸드폰만 만지작거리고 있는데, 눈에 들어오는 첫 줄이 하나 있었다. '심리 상담 10회기 끝낸 후기.' 그리고 그 아래로 심리 상담을 받은 후기가 적혀 있었다. 거기서 몰랐던 사실을 하나 알게 되었다. 마음이 힘들어서 상담을 받고 싶을 땐 '정신건강의학과'로 가야만 하는 줄 알았는데 심리 상담을 전문적으로 해 주는 '심리 상담 센터'라는 곳이 따로 있었다. 의료 기록도 남지 않고 약물을 사용하지 않으며, 오로지 상담을 통해서 조언을 해 주는 곳이었다. 그동안 심리 상담이라고 하면 병원에 가야만 하는 줄 알아서 상태가 심각하지 않은 이상 가면 안 될 것 같은 느낌을 받았다. 너무 아파서 죽을 것만 같은데 119는 도저히 못 부르겠는 그 마음과 같다고나 할까? 그런데 그냥 상담 센터라고 하니까 마음의 허들이 낮아졌고, 나도 한번 가 봐도 되겠다는 생각이 들어서 몇 군데를 알아본 후 바로 예약했다.

상담을 받은 뒤에도 뭉근하게 남아 있는 우울감이 완전히 사라지지 않았지만, 밤마다 왜 그런 생각이 찾아오는지 원인을 알게 되었다. 별생각 없이 툭툭 내뱉었던 혼잣말 때문이었다. 남들은 나를 보고 아무 말도 안 하는데 혼자서 '나는 틀렸어', '못할 것 같아', '또 실패할 거야', '해도 안 될 텐데 뭐 하러 해', '눈뜨기 싫다', '숨 막혀'라는 말로 잔뜩 가시를 세웠다. '어차피 다른 사람이 듣는 말도 아니고 내 머릿속에 드는 생각을 내 마음대로 말도 못 해?'라며 쉽게 생각했는데, 여기서 간과한 점이 하나 있었다. 나를 평가하는 '나'도 있다는 것. 작은 말들이 모이고 모여 스스로에 대한 이미지를 만들고 내일의 나에게 영향을 미쳤다. 부정적인 혼잣말은 내 정신이 온전할 때는 티가 안 나는데, 저 밑바닥으로 떨어졌을 땐 그 혼잣말이 거대한 그림자로 진화해서 세상의 모든 불을 꺼 버린다. 기분이 괜찮을 때는 그럭저럭 넘기지만 내 마음이 여릴 때에는 그림자와 맞서 싸울 힘이 부족해지는 것이다.

'꿈은 이루어진다'라는 슬로건이 괜히 대한민국 국민의 심장을 뛰게 만든 것이 아니다. 처음에는 '에이, 무슨 꿈이 이루어져? 다 이루어지면 꿈이게?'라며 의심하지만, 꿈은 이루어진다고 끊임 없이 되뇌면 '어? 진짜 이루어지나? 하면 되나? 한번 해 볼까?' 하 는 희망이 싹튼다. 그것이 혼잣말이 가진 힘이다. '나 혼자 있을 때 내뱉는 말이니까 아무렇게나 말해도 되겠지' 하고 생각하지만, 한 마디 한마디가 무의식 속에 축적되어 자신이 발휘할 수 있는 역량 의 크기를 재단한다. 혼잣말은 귀로 들을 땐 가장 작은 소리이지 만 마음으로 들을 땐 가장 큰 소리이다.

그리스 신화에 나오는 키프로스섬의 왕 '피그말리온'은 자신 이 살고 있는 섬의 여인들에게 만족하지 못해 오랫동안 독신으로 살았다고 한다. 그러다 자신이 생각하는 가장 이상적인 여성을 조 각상으로 만들었는데, 그 모습이 너무나도 완벽해서 피그말리온 은 조각과 사랑에 빠져 버렸다. 조각상에게 말을 걸고, 선물을 사 주고, 입을 맞추며 조각상이 자신의 아내가 되기를 간절히 소망했 다. 그러다 키프로스섬의 수호신인 아프로디테의 축제일이 다가 왔는데, 피그말리온은 그날 신에게 제물을 바치며 기도했다. "조 각상과 똑같은 여자를 아내로 맞이하게 해 주세요." 그의 진심이 신에게 닿아 조각상이 사람으로 변했고 마침내 그녀와 결혼을 할 수 있게 되었다. 이 신화로부터 유래한 심리학 용어가 있다. 바로 '피그말리온 효과 Pygmalion effect'이다. '잘될 거야'라고 굳게 믿으면 결국 잘되고, '안될 것 같아'라고 포기해 버리면 결국 안된다는 의미이다. 타인이 나를 격려하고 기대해 주면 결과가 좋아지는 현상을 뜻하기도 하는데, 여기서 중요한 것은 내가 말하는 대로 이루어진다는 뜻이다. 내가 어떻게 믿느냐에 따라 내 행동이 결정되고 삶의 방향이 바뀌기에 그러한 효과가 나타나는 것이다.

'이대로 잠들어서 영영 눈뜨지 않았으면 좋겠다'라는 생각이 처음 들었을 때 나는 큰 실패를 겪은 뒤였다. 충격에서 벗어나지 못한 채 그 문장만 되뇌고 있었는데, 이미 시간도 많이 흘렀고 어느 정도 복구가 된 상태인데도 그 문장만이 기억에 남아 내 마음을 변질시키고 있었다. '지금쯤이면 괜찮아져도 돼'라고 마음이 말해 주고 있는데 '나는 다시는 일어설 수 없을 거야' 하는 이미지가 구축되어 있어서 용기를 못 내고 잠만 잤었다. 그게 함정이었다. 혼잣말만큼 내 귀에 가장 크게 들리는 말이 없는데 그것을 간과한 채 온갖 나쁜 단어들을 마음속에 주입하고 있었다.

모든 게 내 뜻대로 되지 않을 때 부정적인 생각만 가득 찾아온다는 걸 나도 겪어 봐서 안다. 하지만 날카로운 창이 나를 찌르려고 해도 '괜찮아, 걱정하지 마, 이겨 내자, 할 수 있어'와 같이 절대로 뚫리지 않는 방패로 스스로를 막아 줘야 한다. 역경을 헤쳐 나가기 위해서는 세상과 나의 싸움이 아니라 '하려는 나'와 '안 하려는 나'와의 싸움에서 이겨 내야 한다. 내가 나를 믿어 줄 때 그때 내가 가장 강해지는 법이다.

05

원하는 걸 찾으려면
겁이 없어야 한다

" 안 해 보고 생각만으로 어떻게 알아요.
이것저것 해 봐야 알지."

어렸을 때 미술 학원 몇 달 다닌 것 외에는 예술과 거리가 멀었던 내가, 디자인을 다루는 학과로 대학교에 진학했었다. 순수 미술이 아닌 포토샵이나 일러스트로 미디어 콘텐츠를 제작하는 전공이라 그나마 진도를 따라갈 만했지만 일찍부터 예술을 가까이했던 동기들과 내 수준은 하늘과 땅 차이였다. 나는 이제 디자인 툴을 차근차근 배워 나가는 단계인데 다른 동기들은 툴에 능숙한 건 기본이고 과제를 하기 전에 참고하는 자료들부터가 달랐다.

대부분의 전공 수업은 제출한 과제를 빔 프로젝터에 띄워 두고 교수님께 피드백을 받는 방식이었다. 성이 '조'라서 내 순서는 거의 뒤였는데, 매도 먼저 맞는 놈이 낫다는 말을 이럴 때 쓰는 걸까. 앞에서 휘황찬란한 동기들의 과제가 한차례 지나간 다음 내과제가 빔에 띄워지니까 안 그래도 볼품없는데 초라해지기까지 했다. 수능을 잘 보지 못해서 성적에 맞춰 찾은 학과였고, 디자인에 자신은 없었지만 1학년으로 들어가는 거라 다 같이 차근차근 배워 가면 될 줄 알고 지원했었다. 대학교도 선행 학습이 존재한다는 걸 모른 채. 예상치 못한 흐름에 1학기 내내 전공 수업이 지옥처럼 느껴졌고, 아무도 나를 밀치지 않았는데 낙오자가 된 기분이 들었다. 다른 동기들은 전공 수업을 꽉꽉 채워 들을 때 나는 교양 수업으로 나돌기 시작했다.

'전공 수업만 아니면 돼'라는 생각으로 바쁜 와중에 대외 활동도 열심히 하고 공모전도 기회가 되는 대로 나갔다. '내가 못하는 건 전공 수업 안에서만이야'를 남들에게 증명받고 싶어서 안달이 난 상태였다. 하지만 현실의 벽은 냉정했다. 대부분의 대외 활동에서 이렇다 할 성과는 없었으며 공모전은 예선조차 통과하지 못했다. 건강을 갈아 넣었던 나의 도전들이 이력서에 한 줄 넣기도 민망할 지경이었다. 그렇게 몇 달을 허무하게 보내고 나니 현실을 받아들이기 어려워 동굴 속으로 도피했다. 도전하면 도전할수록 부족함이 선명해지니까 더 이상 아무것도 하고 싶지 않아졌다. 더 정확히 말하면, 하고 싶지 않은 게 아니라 두려웠다. 보잘것없는 나 자신과 똑바로 마주할 자신이 없었다.

암울한 시기를 보내던 중 한 교양 수업에서 진로 로드맵Road map을 작성하는 시간이 있었다. 다른 사람들은 이것저것 부지런히 적어서 제출할 때 나는 한 글자도 쓰지 못하고 있었다. 학생들이 잘하고 있나 강의실을 전반적으로 둘러보고 계시던 교수님이 백지 상태인 내 종이를 보시곤 먼 미래를 계획하기 어려우면 당장 다가오는 겨울방학 때 무엇을 할 건지부터 구체화해 보라고 조언해 주셨다. '방학'이라는 단어에 등골이 서늘해졌다. 지난 여름방학은 나를 실패한 사람으로 만들어 버린 최악의 시기였기 때문이다. 급격히 표정이 어두워지는 나에게 교수님은 혹시 무슨 일이 있냐고 물어보셨다. 솔직하게 말할까 그냥 적당히 둘러댈까 속으로 몇 초 동안 고민했는데 교양 수업은 한 학기가 끝나면 서로 안 볼 사이라 용기 내서 말씀드렸다.

"여름방학 때 이것저것 많이 해 봤는데 하도 많이 떨어져서 무언가에 도전하는 게 두려워요."

그러자 교수님께서 이렇게 말씀해 주셨다.

"겁을 먹으면 학생이 원하는 걸 절대로 못 찾아요. 학생이 뭘 좋아하고 뭘 잘하는지 이것저것 해 봐야만 알 수 있어요. 안 해 보고 생각만으로 어떻게 알아요. 지금 실패가 많은 건 당연한 거예요. 깔때기 알죠? 깔때기 윗부분은 엄청 넓잖아요. 아래로 갈수록 점점 좁아지고. 학생은 지금 그 넓은 부분에 있는 거예요. 가능성을 넓게 펼쳐 두고 여러 가지 해 보면서 좁은 구멍으로 통과할 마지막의 그 무엇을 찾아가는 과정인 거예요."

　　드라마 〈18 어게인〉에서 야구 선수 예지훈이 호감을 갖고 있
던 아나운서 정다정에게 연습을 도와 달라며 배트를 쥐여 주는 장
면이 나온다. 다정은 날아오는 야구공이 무서워 눈을 감거나 몸을
뒤로 빼 버려서 한참 동안 공을 제대로 맞히지 못했다. 보다 못한
지훈은 다정에게 자세를 제대로 잡고 앞을 똑바로 봐야 공을 칠
수 있다고 조언해 준다. 그 말에 다정은 용기를 내어 다시 한번 배
트를 휘둘렀고, 야구공을 정확하게 맞혀서 멀리 쳐 낸다. 지훈은
다정에게 잘했다며 칭찬해 준다.

　　"다정 씨 출루한 거예요. 기분 좋죠?"

　　그러자 다정은 쑥스러운 듯 입술을 삐죽 내밀었다.

　　"일부러 살살 던져 준 거 다 알아요."

　　지훈은 그게 무슨 대수냐는 듯 대화를 이어 갔다.

　　"어쨌든 쳤잖아요. 답답하고 힘들어도 계속 하다 보니까 한 번
은 맞죠? 그러니까 헛스윙 한 번 했다고 겁먹지 마요. 다음 공이
안타가 될지 땅볼이 될지 홈런이 될지, 쳐 보기 전에는 아무도 모
르는 거잖아요. 그러니까 끝까지 휘둘러 봐요."

나는 이제껏 배트를 제대로 휘두르지도 않고 득점하기를 바라고 있었다. 안타든 땅볼이든 일단 쳐 봐야 알 수 있는데, 혹시나 공에 맞아서 다치거나 헛스윙이 될까 봐 뒤로 물러서기만 했었다. 치지도 않은 공이 알아서 홈런이 되길 바라는 것과 다르지 않았다. 몇 시간 안 되는 경기 중에도 공을 잘못 쳐서 아웃되거나 패스 미스가 나서 실점하거나 의도하지 않은 파울을 하는데, 긴 인생에서 어떻게 매번 완벽한 공만 나올 수 있겠는가.

실패가 많은 건 성장하는 과정에 놓여 있다는 것을 의미한다. 무턱대고 겁먹기보다는 잘 안 되더라도 자신 있게 해 보자. 애매하게 간 보다가 죽도 밥도 안 되는 것보다 시원하게 미끄러지고 교훈 하나 얻는 게 장기적으로 봤을 때 도움이 된다. 반복되는 실패에 속이 쓰리겠지만, 실패하고 실패하고 또 실패하다 보면 찌꺼기들이 다 걸러져 성공만이 남아 있을 것이다. 그러니 이왕 하는 거 웃으며 실패하자. 실패해 본 사람만이 성공을 거머쥐는 방법을 알 테니까.

06

다른 사람은 기억 못 해도
나는 기억한다

" 이렇게 오래 아쉬워할 줄 알았다면
절대로 망설이지 않았을 거야 "

●●

　　　　가깝게 지내는 언니 H에게 청첩장을 받던 날이었다. 결혼식을 준비하며 드레스를 입어 보는 순간 '내가 정말 결혼이라는 걸 하는구나' 하는 느낌을 받는다는 말을 자주 들어서, 축하한다는 말과 함께 드레스는 예쁜 것으로 골랐는지 물었다. H는 결혼 준비를 하면서 선택이 가장 어려웠던 항목이 바로 그거였다며 드레스 투어 때 자신이 겪었던 일을 말해 줬다.

　　H는 결혼이나 결혼식 자체에 로망이 없어서 결혼 준비를 시작할 때 최대한 적은 예산을 쓰자고 예비 신랑과 약속을 했다. 그런데 막상 이것저것 하다 보니 '한 번뿐인 결혼식인데' 하는 전제조건 때문에 점점 눈이 높아지기 시작했다고 한다. 특히 웨딩드레스를 고르기 전에는 "드레스가 다 똑같은 흰색이지. 굳이 비싼거 하지 말자"라고 다짐했는데, 드레스 투어 때 가격대별로 다양한 드레스를 입어 보니 비싼 것과 비싸지 않은 것의 차이가 꽤 크게 체감이 되었단다. 드레스를 사진으로만 봤을 땐 전체적인 모양만 보여서 퀄리티 차이가 느껴지지 않았는데 눈으로 보니 일반인인 자신이 봐도 디테일적인 부분이 확실히 차이가 났다는 것이다.

예산에 여유가 있었다면 고민조차 하지 않았겠지만 신혼집을 구하는 데 무리를 해서 50만 원의 차이가 너무 크게 와닿았다고 했다. 가구나 가전제품, 반지, 제주 스냅사진 이런 것들은 영원히 남는 것이지만 드레스는 한 번 입고 마는 것이다. 게다가 가족이거나 정말 친한 친구 아니면 결혼식에서 드레스가 어땠는지는 기억에 안 남고 뷔페 음식이 얼마나 괜찮았는지만 기억에 남는다는 걸 아니까 금방 사라지는 것에 거금을 들이기가 망설여졌다고 했다.

드레스를 입고 찍은 여러 장의 사진을 보며 30분째 선택을 못한 채 끙끙 앓고 있는데, 돈이냐 만족이냐 H의 저울질을 단번에 끝내 준 건 엄마의 말씀이었다고 한다.

"그냥 너 입고 싶은 걸로 입어. 이런 걸로 돈 아끼는 거 아니야. 네 말대로 드레스는 다 똑같은 하얀색이고 남들은 기억조차 못 하는 거 맞아. 하지만 엄마는 결혼한 지 벌써 30년이 지났는데도 엄마가 결혼식할 때 입었던 드레스가 아직도 기억나. 레이스 무늬, 어마어마한 어깨 뽕, 티아라 모양, 부케에 어떤 꽃이 있었는지까지 다 기억해. 그런데 더 웃긴 건 그때 입어 보기만 하고 비싸서 선택하지 못했던 드레스까지도 생각이 난다는 거야. 엄마도 그때 돈 한 푼이 아쉬워서 드레스는 그냥 저렴한 거 입자 했었거든. 그런데 그 아쉬움이라는 게 30년이 지났는데도 안 사라져. 이렇게 오래 아쉬워할 줄 알았다면 엄마는 절대로 망설이지 않았을 거야."

가수 이효리가 한 예능 프로그램에서 남편 이상순과의 에피소드를 들려줬다. 예전에 어떤 나무로 의자를 만드는데 남편이 의자 안쪽의 밑바닥까지 열심히 사포질을 하고 있었다고 한다. 그 모습을 본 이효리는 "여기는 사람들한테 안 보이잖아. 이렇게 하는 걸 누가 알겠어?"라며 왜 굳이 그 구석까지 다듬냐는 식으로 물었다. 그러자 남편은 "내가 알잖아"라고 짧게 대답했는데, 그 한 문장이 큰 울림을 주었다고 한다. 그녀는 이렇게 말했다.

"돌이켜 보면 그런 것들이 자존감을 올려 주는 것 같아. 남들이 안 알아줘도 내가 내 자신을 기특하게 바라보는 순간이 많을수록 자존감이 높아져."

'남들이 안 보면 됐지', '남들이 모르면 됐지' 하고 넘어갔던 순간들이 있을 것이다. 독서실에 공부하러 간다고 해 놓고 핸드폰만 본다거나, 2차선 도로에서 무단 횡단을 한다거나, 종업원이 계산 실수를 했는데 그걸 말하지 않고 거스름돈을 더 받아 온다거나,

매일매일 꾸준히 하기로 했는데 마지막 날에 몰아서 한다거나, 아프지도 않으면서 아픈 척하며 약속을 취소한다거나. '에이, 이 정도 넘어가는 건 애교지' 하며 합리화했던 나날들이 사실은 나 스스로를 가장 또렷하게 지켜봤던 장면이었다. "내가 알잖아"라는 말이 어쩌면 가장 등골이 서늘해지는 말 같다. 나의 변명으로 가족도, 친구도, 애인도 모두 속일 수 있지만 절대로 나를 속일 수는 없다. '변명하고 있는 나'를 '내'가 아니까.

결혼식 하객의 입장에서 H가 어떤 드레스를 입는지는 아무런 상관이 없을 것이다. 내가 입는 드레스도 아닐뿐더러 축하해 주러 간 자리에서 드레스를 품평하는 건 예의가 아니니까. 설령 속으로 드레스가 안 예쁘니 뭐니 해도 다음 날이 되면 금방 잊어버릴 일이다. 하지만 H는 그렇지 않다. 마음에 든 드레스를 입었을 때 들떴던 기분, 어떤 드레스를 입을지 한참을 고민하던 모습, 적당히 타협한 드레스로 결정했을 때 찾아온 감정. 한 줄로 이어진 자신의 기억들이 오래도록 아쉬움을 만들어 낼 것이다. 게다가 결혼식은 사진에 영상까지 남으니 두고두고 눈에 보일 텐데, 차선책의 드레스가 덜 예쁘다면 '아, 그냥 그 드레스 입을걸' 하는 후회가 남을 게 뻔했다. 마음에 드는 드레스를 입은 뒤 '드레스에 그렇게까지 돈 쓰지 말걸' 하고 후회하는 것과 마음에 안 드는 드레스를 입은 뒤 '그냥 원하는 드레스 입을걸' 하고 후회하는 것. 똑같은 후회지만 후회의 크기는 비교도 안 되게 차이가 난다.

'이거 해도 될까?'라는 고민은 사실 내 마음은 너무 하고 싶은데 걱정이 많아서 드는 물음표이다. 남을 배려하느라 내 몫을 없애지 말고, 먼 미래를 헤아리느라 현재를 포기하지 말고, 다른 사람 눈치 보느라 내가 원하는 것을 놓치지 말고, 내 마음이 이끄는 대로 자연스럽게 몸을 맡겨 보자. 다른 사람은 기억 못 해도 나는 기억하니까. 세상 사람이 다 몰라줘도 내가 아니까.

07

풀의 마음을
이해하게 되었다

**" 산에서 오래 살아남는 건
이름 모를 잡초들뿐이야."**

어렸을 땐 화려한 꽃들만 좋아했었다. 그러다 점점 수수한 꽃이 아름답다 느껴지고 예전에는 쳐다보지도 않았던 들판에 핀 작은 꽃들이 귀해 보이다가, 요즘에는 초록 풀들의 싱그러움에 반하는 중이다. 꽃길, 꽃 같다, 꽃처럼…… '꽃'을 붙이면 최상급 단어가 되는 게 유행이다. 한때는 나도 꽃으로 살고 싶었던 적이 있었다. 예쁘고 사람들이 좋아해 주고 상품 가치도 있으니 그게 곧 답인 것만 같았다. 그런데 지금은 꽃으로 사는 건 참 피곤한 인생이 될 것 같다. 꽃으로 산다고 하면 어쩐지 근사하게 지내야만 할 것 같고, 누추한 모습은 보여 주면 안 되니까 언제나 긴장하며 신비주의를 유지해야 할 것 같았다. 누군가의 눈에 띄어 꺾일까 봐 조마조마하지만, 한편으로는 누가 나를 알아봐 주지 않으면 서운할 것 같았다. 몇십 년 끈기 있게 살아가야 하는 인생, 그렇게 마음 졸이며 살아가느니 이름조차 모르는 풀이지만 마음 편히 살아가는 게 더 행복하지 않을까 싶었다.

풀의 마음을 이해하게 된 건 내가 수락산을 등산할 때 들었던 아주머니들의 이야기 덕분이었다. 몇몇 등산객들이 꽃을 꺾고 과일을 따 가는 모습에 불쾌하셨는지 혀를 차며 논하셨다.

"차라리 이름이 없는 게 낫다니까. 꽃은 예쁘다고 따 가고 약초는 몸에 좋다고 캐 가고 과일은 맛있다고 가져가고. 산에서 오래 살아남는 건 저런 이름 모를 잡초들뿐이야."

어떻게든 눈에 띄어 보려고 아등바등했던 지난날이 스쳐 지나갔다. 나는 내가 평범하다는 걸 알면서도 특출하지 않으면 내 삶이 부정당할 것 같아서 주인공이 되려고 애썼다. 이 힘든 세상에 태어나 필사적으로 달리고 있는데 내 역할이 주연이 아닌 '지나가는 행인 17' 정도라는 걸 수긍하기가 어려웠다. 영화든 드라마든 연극이든 주인공에게 스포트라이트가 가는 건 현실이니까. 타인의 인정이 담긴 빛 한 줄기가 간절해서 적당히 하지 못하고 과분하게, 넘치게, 지나치게 쏟아부었다. 그렇게 애쓰면 잡초인 내가 꽃이 되는 게 아니라 그냥 열심히 사는 잡초가 된다는 이치도 모른 채 말이다. 그렇다면 어떻게 해야 할까? 한계를 받아들이고 대충 살아야 하는 걸까?

잡초는 근처 토양의 영양분을 빼앗고 금세 무성하게 자라 자리를 차지해서 무조건 뽑아야 하는 해로운 존재라고 생각하기 쉽지만, 그런 잡초도 이 땅에 꼭 필요한 역할을 하고 있다. 잡초는 흙의 수분을 머금고 있어서 흙이 건조해지는 것을 막아 주고, 땅속 깊은 곳으로부터 영양분을 끌어 올려 죽은 땅을 살린다. 뿌리의 힘으로 토양이 깎아져 내려가는 것을 예방하고, 토양을 비옥하게 해서 여러 생명체가 살아갈 수 있는 환경을 조성한다. 그리고 잡초가 괄시받는 것도 '잡초'라서가 아니라 사람들이 정해 놓은 기준 때문이다. 우리가 돈 주고 사 먹는 쑥, 달래, 우엉 등이 외국에서는 잡초 취급을 받는다고 한다. 이 세상에 푸대접받아야 될 잡초라는 건 없는 것이다.

모두가 상위권일 수는 없다. 상위권이 있다는 건 중위권도 있고 하위권도 있다는 의미니까. 애초에 타고났거나 피눈물 날 정도로 노력할 게 아니라면 평범한 삶을 받아들이는 게 정신에 이롭다. 안분지족할 수 있으면 오히려 발전하거나 새로운 계획을 짤 수 있는데 마냥 부정만 하면 허구 속의 인물로 매일을 불행하게 살게 된다. 사람이 태어났으면 무조건 가치 있는 보석이 되어야만 하는 줄 알지만, 그냥 태어난 김에 사는 사람이 되어도 된다. 생명은 존재만으로도 유일무이한 역할을 하고 있는 거니까 남들이 알아주는 '무엇'이 되려 하지 않아도 된다. 나는 나니까.

* 아래의 글은 수락산 정상에 걸터앉아 쓴 짧은 동화이다.

이름 없는 잡초

한 마을에 다양한 식물들이 모여 살고 있었어요. 모두가
자신의 아름다움을 뽐내며 행복해하고 있는 와중에 혼자
시큰둥해 있는 이름 없는 잡초가 있었어요. '장미는 화려
해서 예쁘구나, 포도는 탐스럽게 익어서 달콤하겠구나, 그
런데 나는……' 아무런 개성 없이 초록색에 길쭉하기만
한 자신의 모습은 친구들에 비해 볼품없었어요.

'어떻게 하면 저 친구들처럼 될 수 있을까?' 이름 없는 잡
초는 매일 밤 두 손을 모아 그들처럼 되게 해 달라고 기도
했어요. 그러던 어느 날, 조용했던 마을에 아이들이 찾아
왔어요.
"어머! 저 꽃 예쁘다. 저거 따다가 반지로 만들래!"
당황한 장미는 소리를 질렀어요.
"어? 안 돼! 날 꺾지 말아 줘!"
다른 아이는 과일이 모여 있는 곳으로 향했어요.
"저 포도 정말 맛있게 생겼어. 마침 배고팠는데 잘됐다!"
잔뜩 겁먹은 포도는 눈물을 흘렸어요.
"잠깐만! 싫어, 날 먹지 말아 줘!"

한바탕 아이들이 지나간 뒤, 남아 있는 건 이름 없는 잡초들과 덜 자란 식물들뿐이었어요. '내가 잡초여서 살았구나!' 잡초는 그제야 깨달았어요. 내가 잡초라서 불행한 게 아니라는 것을요. 잡초로 태어나 한평생 남을 부러워만 하다가 나의 가치도 모른 채 사는 것이 문제였지요. 이름이 없더라도 행복한 잡초가 되기로 했어요. 그럼에도 불구하고 행복한 잡초로 사는 것이 지혜니까요.

08

나의 어제와 오늘은
같을 수 없다

" 오늘 하루를 망쳤어도 괜찮아.
그 꽃잎은 이제 곧 떨어지고
내일 새로운 꽃으로 피어날 테니까."

💬💬

 뭘 해도 잘 안 되고 거기에 좋지 않은 일까지 연속해서 몰려오던 시기였다. 혼자 있으면 계속 어둠의 자식처럼 잠만 잘 것 같아서 대충 옷가지만 몇 개 챙겨서 본가에 내려갔다. 평소에 힘들다는 이야기를 잘 안 하는 무뚝뚝한 딸이 갑자기 엄마가 보고 싶다며 5시간이 걸리는 지방으로 내려간다 하니, 엄마는 딸한테 무슨 일이 있나 바로 직감하신 것 같았다. 집에 도착한 딸은 엄마의 예상처럼 얼굴이 어두웠다. 엄마는 고기를 사 먹자며 나를 데리고 나가셨다. 밑반찬이 나오고 고기가 다 익을 때까지 멍하니 있었는데 엄마가 핸드폰을 꺼내서 사진 한 장을 보내 줬다. "이 꽃 예쁘지? 외할머니 집 근처에서 봤어. 봄까치꽃이라고 하더라"라며 꽃에 대해 설명해 주셨다.
 '봄까치꽃'은 들판에서 흔히 볼 수 있는 야생화인데, 이 꽃은 하루살이다. 아침에 핀 꽃이 저녁이 되면 꽃잎이 닫히고 그 닫힌 꽃잎은 그대로 떨어져 하루 만에 생을 마감한다. 그리고 다음 날 아침이 되면 새로운 꽃으로 다시 피어난다. 엄마는 봄까치꽃에 빗대어 이런 말씀을 해 주셨다.

"유미야, 우리 봄까치꽃처럼 살아가자. 오늘 하루를 망쳤어도 괜찮아. 그 꽃잎은 이제 곧 떨어지고 내일 새로운 꽃으로 피어날 테니까. 아 맞다, 그리고 봄까치꽃은 추운 겨울이 끝나 가고 있음을 가장 먼저 알려 주는 봄맞이꽃이고, 꽃말은 '기쁜 소식'이기도 해."

고깃집에서 눈물을 떨궈 본 적은 살면서 처음이었다.

판을 돌린 뒤 구슬이 빨간 칸에 멈출 것인지 검은 칸에 멈출 것인지에 승부를 거는 룰렛이라는 게임이 있다. 1913년, 모나코 몬테카를로에 있는 한 카지노에서 게이머들이 구슬이 어디에 떨어질지 승부를 걸며 룰렛을 하고 있는데 구슬이 20번이나 연속으로 검은색에 떨어졌다. 많은 게이머들은 계속 검은색에 떨어졌으니 이제는 빨간색에 떨어지겠다 싶어서 다들 빨간색에 돈을 걸었다.

그런데 구슬은 21번째에도, 22번째에도 검은색에 떨어졌고 결국 27번째까지 가서야 빨간색에 떨어졌다. 대부분의 게이머들이 이미 수억 원을 잃고 파산한 이후였다. 이 일에서 유래해, 어떤 결과가 나오는지 서로에게 영향을 주지 않는 독립사건인데도 불구하고 다음 결과가 이전과 반대로 나올 것이라고 예측하는 것을 '몬테카를로의 오류Monte Carlo fallacy' 또는 '도박사의 오류Gambler's error'라고도 부른다.

인생에서 어떠한 일이 벌어질 확률은 50이고 어떠한 일이 벌어지지 않을 확률도 50이다. 언제나 50 대 50이다. 20번째에 검은색이 왔다고 해서 21번째에 빨간색이 올 거라는 보장이 없듯이 이제까지 안 좋은 일이 계속 왔다고 해서 내일 또 안 좋은 일이 올 거라는 공식은 없다. 슬프게도 대부분의 안 좋은 일은 한꺼번에 몰려오는 편이라 어제와 오늘이 연결되어 있어 보이지만 엄연히 다른 날이다. 어제까지는 생명이었던 것이 오늘은 죽음이 되어 있기도 하니까.

어제와 다른 오늘을 살고 싶다면 어제의 감정을 오늘까지 끌고 와서 까맣게 물들이지 말고 '어제는 어제, 오늘은 오늘'이라고 선을 딱 긋자. '오늘'은 나에게 주어진 새로운 하루이다. 내가 선물 받은 '오늘'은 아무것도 적히지 않은 백지이다. 그 하얀 종이에 오늘을 어떻게 그려 나갈지는 내가 결정하는 것이다.

09

누군가를 지적하고 싶을 땐
나부터 돌아보자

"너 왜 이렇게 고집이 세냐고 묻는 사람이
가장 고집이 센 사람이야."

나름 오래 사귀었던 전 남자친구 Y에게 가장 많이 들었던 말이 "너 왜 이렇게 고집이 세냐?"였다. 다툴 때마다 들었던 그 물음은 나를 꽤 아프게 했다. 내가 고집이 세다는 건 타인이 말해 주지 않아도 이미 알고 있어서 고치고 싶은 면 중 하나였는데, 아무리 애써도 고쳐지지 않는 부분이었기 때문이다. 내가 인지하지 못하거나 대수롭지 않게 여기는 부분이었다면 상처가 되지 않았을 텐데, 스스로가 약점으로 일컫는 부분을 사랑하는 사람에게 지적당하니 자존심에 금이 갔다. 내 고집이 이 사람을 힘들게 만드는 건가. 내 고집 때문에 맨날 우리가 다투는 걸까. 도움이 안 된다는 걸 알면서도 왜 난 고집을 꺾지 못하는 걸까.

이 사람의 인생에 내가 방해물이 되어 가고 있다는 생각이 점점 커질 때쯤 Y에게 이별을 고했다. 그전까지의 이별은 미련이 남지 않아서 깔끔하게 정리가 되었는데, 못된 성격을 고치지 못해 소중한 연애를 망쳤다는 생각에 이번에는 이별 후유증이 꽤 크게 왔다. 그 사람과 헤어졌다는 사실보다 내 손으로 내 연애를 망쳤다는 자책이 밤낮을 괴롭게 만들었다.

엄마랑 같이 드라마를 보면서 밥을 먹고 있는데, 남녀 주인공이 헤어지는 장면이 나왔다. 여자 주인공은 울면서 서운함을 토로하고 남자 주인공은 자존심을 세우며 갈 데까지 가는데, 마치 거울을 보는 것 같았다. 나를 너무나도 잘 아는 엄마가 내 앞에 있으니 무심결에 질문이 튀어 나갔다.

"엄마, 나는 왜 이렇게 고집이 셀까?"

그러자 엄마는 대번 눈치챘는지 나에게 물었다.

"왜? 누가 너보고 고집이 세대?"

나는 한숨을 내쉬며 "내 고집 때문에 힘들대"라고 대답했다. 엄마는 한껏 풀 죽어 있는 딸을 위로해 줬다.

"엄마가 보기엔 그 사람도 한 고집 할 것 같은데? 너 고집 센 것도 틀린 말은 아닌데, 너한테 뭐라고 할 정도면 그 사람도 유연하지는 않았을 것 같은데?"

그렇게 묻는 엄마의 이유가 궁금해져서 왜 그렇게 생각하냐고 물었다. 그러자 엄마는 성격이 비슷하기 때문에 부딪치는 거라고 말했다.

"고집이 강하지 않은 사람은 고집이 센 사람이랑 붙여 놓아도 트러블이 없어. 고집 안 센 사람이 적당히 상황을 맞춰 갈 테니까. 그런데 고집이 센 사람끼리 붙여 놓잖아? 그러면 각자 고집이 있으니까 양보를 못 해. 그런 상황에서 나오는 대사가 뭔지 알아? '너 왜 이렇게 고집이 세?'거든. 양보를 할 수 있는 유연한 사람은 그냥 양보를 하고 말아. 근데 양보를 못 하겠으니까 왜 이렇게 고집이 세냐고 적당히 하라고 몰아세우는 거지. 그렇게 말하는 본인은 정작 양보를 안 하면서. 너 왜 이렇게 고집이 세냐고 묻는 사람이 가장 고집이 센 사람이야."

《명심보감明心寶鑑》의 〈존심편存心篇〉에 이런 말이 있다. 북송 때 정치가 범충선공范忠宣公이 자식들을 훈계하며 한 말이다.

"비록 어리석은 사람일지라도 남을 꾸짖는 것에는 밝고, 비록 총명한 사람일지라도 자신을 용서하는 것에는 어둡다. 너희들은 항상 남을 꾸짖는 마음으로써 자신을 꾸짖고, 자신을 용서하는 마음으로써 남을 용서한다면 성현聖賢의 경지에 이르지 못할까 근심할 필요가 없다."

"너 왜 이렇게 고집이 세?"라고 상대방과 부딪치는 사람이 오히려 고집이 센 사람이다. "너 왜 이렇게 속이 좁아?"라고 비난하는 사람이 오히려 속이 좁은 사람이다. "너 왜 이렇게 예민하게 굴어?"라고 몰아세우는 사람이 오히려 예민한 사람이다. 진짜로 고집이 없는 사람은 그냥 다 수용해 버리기 때문에 상대방이 고집이 세도 부딪치지 않는다. 속이 넓은 사람은 상대방이 옹졸하게 굴어도 포용해 주기 때문에 비난하지 않는다. 무던한 사람은 상대방이 예민하게 굴어도 그러려니 하기 때문에 몰아세우지 않는다. 결국 다그치는 건 내 성격인 셈이다.

상대방의 성격을 꼬집고 싶은 마음이 들 때 나 또한 상대방과 똑같아서 충돌하고 있지는 않은지 가장 먼저 되돌아봐야 한다. 그게 맞다면 상대방에게 이거 고쳐라, 저거 고쳐라 손가락질로 지적하기보다는 그 손을 펴서 내 가슴 위에 얹고 저 사람에게만 문제가 있는 게 아니라 나에게도 있으니 나부터 잘하자고 스스로를 타이르자. 그렇게 하면 상대방과의 관계도 좋아지고 나는 나대로 일상 속에서 수양을 하는 것이니 일석이조가 된다.

10

숫자의 노예가
되지 말 것

"인격체를 숫자로 환산하기에는
우리 개인 개인이 너무 귀한 사람이잖아."

대기업에 다니고 있는 친구 S와 판교에서 저녁을 먹던 날이었다. S는 서울에 있는 좋은 대학교를 들어갔고, 졸업 후 준비 기간 없이 한 방에 취업했다. 첫 회사에서 2년 정도 다니며 신입의 티를 벗겨 낸 뒤 더 높은 곳으로 이직을 했고, 그곳에서 2년 정도 더 다니면서 열심히 스펙을 쌓아 고속 승진을 했다. 그 이력으로 대기업에 문을 두드렸고 이직에 성공하여 자랑스러운 명함을 갖게 되었다. S의 승승장구를 보며 '어떻게 저렇게 이직을 잘하지?'라며 한편으로는 부러워했었다. 회사가 마음에 안 들면 그걸 버리고 과감하게 옮길 수 있는 것은 내가 평생 갖지 못할 모습이었기 때문이다.

속으로 동경해 오던 친구가 테이블 위에 수저를 놓는 나를 보며 처음으로 꺼낸 말은 "나 회사 그만두려고"였다. 시원시원하게 이직을 하던 친구라 이전처럼 회사를 옮긴다는 말로 받아들였다. 어느 회사로 이직하냐고 물었더니 친구는 회사원 생활을 청산하고 지금까지 모은 돈으로 카페 차릴 계획을 갖고 있다고 말했다.

누구나 꿈꾸고 누구나 알아준다는 대기업을 그만둔다는 말이 의아했다. 내가 만약 그 회사에 들어갈 수 있다면 뼈를 묻을 텐데 말이다.

"학교 다닐 땐 내가 쌓아 놓은 게 많아서 으스댔었어. 첫 서류로 회사에 합격했으니까 나 정말 잘하나 보다 했지. 그런데 회사에 들어가니까 내가 우물 안 개구리라는 게 느껴지더라고. 나보다 월등히 잘하는 사람이 많아서 맨날 팀에 민폐만 끼치고 있는 내가 너무 한심했었어. 그러다 운 좋게 이직 제안이 와서 더 나은 조건으로 이직할 땐 이번에는 진짜 잘해야겠다는 생각에 악바리로 살았어. 덕분에 승진도 남들보다 빨리 했고. 마지막으로 대기업에 들어가니까 드디어 내가 용이 되었나고 생각했어. 그런데 입사하니까 거기에는 날고 기는 사람들만 있는 거야. 내가 으스댔던 학교는 보잘것없었고 지금까지 내가 쌓아 온 커리어는 어디 내놓기에 부끄러운 수준이었어. 사회에서 걸러지기 싫어서 높은 곳으로 올라가려고 애쓰면서 살았는데 결국 걸러지는 건 나더라고. 그래서 이렇게 살아서 뭐 하나 싶더라고. 이번에 몸이며 정신이며 다 망가지고 나니까 자본주의 사회에서 살 거라면 숫자에 너무 집착하면 안 된다는 걸 깨달았어. 결국 숫자의 노예가 되고 마는 거야. 그런데 인격체를 숫자로 환산하기에는 우리 개인 개인이 너무 귀한 사람이잖아. 이제부터라도 나 자신을 귀하게 여겨 주려고."

대기업을 제 발로 나간다기에 너무 무모한 선택이 아닌가 했는데 S의 사정을 들으니 그의 선택에 수긍이 되었다. 어떤 허탈감을 느꼈는지 나도 알기 때문이다. 나 또한 등수에서 벗어나지 못하는 삶을 살고 있었다. 인서울 대학교만 바라보며 수능에 목숨을 걸었던 때가 있었다. 하지만 어렵사리 합격한 대학교도 만족감을 주지는 못했다. 막상 들어가니 제발 인서울만 하면 좋겠다던 기도는 어디 가고 그 인서울 안에서도 우리 학교 순위가 낮아 자기소개를 할 때 목소리가 작아졌다. 20대들 사이에서는 나름 알아주는 회사에 들어갔지만 어른들은 이름을 말해 드려도 모르는 곳이라 더 높은 곳으로 가야 될 것 같은 압박을 느꼈다. 그러다 운 좋게 작가가 됐을 땐 '출판사는 SNS상에서의 내 유명세를 보고 계약했을 텐데 에세이 판매 순위가 안 나오면 어떡하나' 하는 부담이 밀려왔다.

'자신감 Self-confidence'은 어떠한 목표를 잘 달성할 수 있을 것 같다는 자신의 느낌이다. '자존심 Pride'은 자신을 굽히지 않고 품위를 지키려는 마음이다. '자존감 Self-esteem'은 자신의 모습을 있는 그대로 받아들이고 자신의 가치를 긍정하는 마음이다. 자존심과 자신 감은 자신보다 능력이 뛰어난 사람이 있으면 아무리 잘 쌓아 올려 도 금세 꺾여 버린다. 남에게 약점을 보이는 순간 그걸 덮기 위해 무리하다가 일이나 인간관계를 망치거나, 그들에게 무력감을 느 끼곤 모든 걸 포기해 버린다. 끊임없이 비교의 늪에서 허우적거려 야 한다. 그러나 잘 쌓아 올린 자존감은 외부에 눈을 돌리지 않고 내부에 초점을 맞추기 때문에 주변 상황이 어떻게 변하든 흔들림 이 없다. 약점이 눈에 보여도 그건 내 선에서 극복해 나가야 될 부 분이라고 받아들인다. 약점이라는 것은 스스로 받아들이지 못하 면 눈덩이처럼 불어나지만, 받아들이는 순간 그것은 더 이상 약점 이 아니게 된다. 그때부터는 약점이 아니라 성장 발판이 되어 나 에게 꼭 필요한 거름으로 작용한다.

잘해 내야 한다는 마음가짐은 좋다. 다만 그 앞에 '보다'를 넣 지는 말자. 저 사람보다 잘해야 돼, 지난번보다 좋아야 돼, 저것보 다 나아야 돼. 문장에 비교를 넣으면 경쟁이 되어서 쫓기는 사람 과 쫓아오는 사람이 존재할 수밖에 없다. 그러면 이 경쟁에서 뒤 처지지 않기 위해 '잘해야 돼, 더 잘해야 돼, 안 그러면 난 또……' 식으로 나를 채찍질하기 바쁘다. 불안감을 먹고 자란 마음은 약한 바람에도 휘청이고 만다. 나는 그냥 나로서 잘해 내면 된다. 누구보다 잘하는 게 아니라 그냥 내가 잘하면 된다. 나만 잘해 내면 되는 세상에 살면 그 세상 안에는 우위와 열위도, 살아남는 자와 걸러지는 자도, 지긋지긋한 평균도 없다.

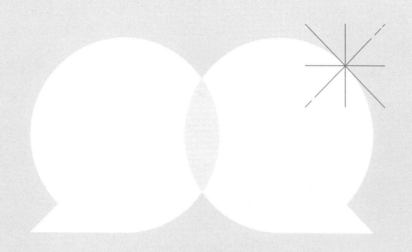

매일 괜찮지 않아도 된다.

내가 지금 느끼는 감정에

정확한 이름을 붙여 주고

'그럴 수도 있지'하며 인정해 주자.

관계.

타인을 현명하게
받아들이는 말

11

세상에
같은 말은 없다

"나는 원래 말 예쁘게 못 해.
그럴 의도로 말한 게 아닌데
왜 그렇게 받아들여?"

신간 출간 후에 다른 출판사 편집자님과 문자를 나눌 때의 일이다. 차기 원고에 관해 상의한 뒤 마무리 인사 겸 편집자님은 나에게 축하의 말을 전했다.

"출간은 축하드려요!"

그 문자가 도착하자마자 바로 이어서 다음 문자가 왔다.

"아이고! '은'이 아니라 '을'이요~ 출간을 축하드려요!"

알고 지낸 지 꽤 오래된 편집자님이라 나는 그 문장에 크게 반응하지 않았지만 자칫 '다른 출판사에서 책 내셨네요?'라는 의미로 비꼬는 것처럼 들렸을까 봐 황급히 고쳐서 보낸 것이었다.

"한 글자로 의미가 달라지네요ㅋㅋ"라며 편집자님의 마음을 오해하지 않았다는 의사를 표했다. 전달하려는 뜻이 바뀌어 버려서 당황했다며 편집자님은 글자로 땀을 흘리셨다. 이처럼 단어 뒤에 붙는 조사 하나만 바뀌어도 문장의 톤이 달라진다. 같은 말이지만 같은 말이 아니다.

누군가와 대화할 때 나를 화나게 하는 두 가지 포인트가 있다.

하나는 말을 공격적으로 해서 상대방 기분을 한껏 상하게 해 놓고 '그럴 의도는 아니었다, 내 진심은 그게 아니었다'라고 말하는 것이다. 또 하나는 고마움이나 미안함을 제대로 표현해 줘야 할 때 그냥 대충 얼버무리며 넘어가는 것이다. '츤데레'라는 일본어가 우리나라로 넘어오면서 드라마 속 매력적인 남자 주인공의 대표 성격 중 하나가 되었다. 겉으로는 차갑게 굴어도 속으로는 여자 주인공을 걱정하고 뒤에서 챙겨 주는 스타일을 의미한다. 하지만 그건 TV 속에서 밀고 당기며 심장을 쫄깃하게 만드는 역할로 좋은 것이지 현실에서 나에게 츤데레처럼 구는 건 싫다. 나는 대놓고 다정한 사람이 좋다.

바다에 사는 '명태'라는 물고기가 있다. 이 명태의 새끼를 부를 때는 명태가 아닌 '노가리'라고 부른다. 그리고 얼리거나 건조시키지 않은 싱싱한 명태를 '생태'라고 부르고, 생태를 얼리면 '동태'라고 부른다. 명태를 반건조시키면 '코다리', 명태를 완전히 바짝 건조시키면 '북어'라고 부른다. 또 겨울철 찬 바람에 얼고 녹기를 반복해서 말리면 '황태'라고 부르고, 황태를 만들 때 날씨가 따뜻해져서 색이 거무스름하게 변하면 '먹태', 그와 반대로 낮은 온도에서 바짝 말라서 하얗게 마르면 '백태'이다. 더 재미난 것은 건져 올린 방법에 따라서도 이름이 바뀐다는 점이다. 낚시로 잡아 올리면 '조태', 그물로 건져 올리면 '망태'이다.

이 외에도 파태, 무두태, 찐태, 깡태, 짝태 등 훨씬 많은 이름을 가지고 있다. 명태의 이름이 다양한 이유는 이렇다. 과거에는 지금의 냉장고와 같은 보관 시설이 없어서 명태를 잡은 그해의 기후나 보관 환경에 따라 생선의 상태가 달라졌다. 그로 인해 상품의 맛이나 색깔이 달라지면서 이름도 각각 붙여졌다고 한다. 생선도 상품 가치에 따라 이름이 이토록 다양한데, 사람의 입에서 나가는 말도 표현에 따라 가치가 달라지는 것은 당연하다.

다정하게 말하는 건 타고난 능력이 아니라 노력이다. 뼈를 깎아 만드는 결과물이다. 일상에서 큰 어려움 없이 말을 예쁘게 하는 사람은 노력한 시간이 몸에 배서 습관이 된 것이다. 사람의 입에서 나오는 문장은 관계를 유지하기 위해 정성을 쏟은 결과물이고, 그렇기에 '말'이라는 건 그 사람의 정성을 귀로 듣는 것과 같다. "나는 원래 말 예쁘게 못 해"라는 무책임한 태도는 싫다. "내 본심은 그게 아니라는 거 알잖아"라며 책임을 전가하는 것도 싫다. "그럴 의도로 말한 게 아닌데 왜 그렇게 받아들여?"라는 적반하장은 더더욱 싫다.

대화할 때 동일한 상황에서 자신이 쓸 수 있는 단어는 수십 수백 가지가 된다. 그중에서 가장 예쁜 단어로 골라서 말해야 한다. 이 세상에 같은 말이라는 건 존재하지 않기 때문이다. 우리의 관계가 가깝다고 해서, 우리가 알아 온 시간이 적지 않다고 해서 툭툭 내뱉는 건 싫다. 말 한마디에 성심을 다해 줬으면 좋겠다. 나 또한 당신의 마음을 상하게 하지 않기 위해 부단히 노력할 테니.

12

불쾌한 질문에는
억지로 대답하지 않아도 된다

" 아 근데, 저 이거 실례될 것 같긴 한데……."

꽤 불쾌한 질문을 받은 적이 있었다. 그 물음에 대답을 할까, 기분 나쁜 티를 낼까, 아님 그냥 무시를 해 버릴까. 3가지의 선택지가 있었다. 당신의 말에 기분이 상했다고 표현을 하고 싶다는 선택지가 가장 먼저 눈에 들어왔지만, 앞으로 계속 볼 사이에다가 나보다 나이도 열댓 살 정도 많은 분이었다. 또 친한 사이였다면 농담으로 맞받아치며 대답을 회피할 수 있는데 그다지 가까운 사이가 아니었기에 그냥 대답을 해야겠다는 결론이 났다. 그 사람이 원하는 답을 주고 마침표를 찍었는데 '아, 괜히 말해 줬나' 후회가 바로 밀려왔다. 대답을 해 주고 상황이 종료되면 기분이 좀 나아질 줄 알았는데 이상하게도 기분이 급격하게 더 나빠졌다. 무례한 질문 앞에서 나를 지켜 내지 못했다는 죄책감 때문이었다.

심리학자 제프리 영Jeffrey E. Young은 심리도식치료(영과 그의 동료들이 개발한 것으로 인지행동치료와 정신분석을 통합한 심리치료요법)에서 '스키마Schema'를 18가지로 분류했다. 내가 관심 있게 본 것

은 '타인 중심성 Other-Directedness'에 포함되어 있는 '복종 Subjugation'이
었다. 쉽게 표현하자면 "네가 원하는 대로 할게"이다. 문장만 보면
양보와 배려를 한 것처럼 보이지만 속내까지 들여다봐야 한다. 깊
은 내면에는 타인을 기쁘게 해 줘야 한다는 마음이 자리 잡고 있
는데, 이것의 가장 큰 문제는 그 과정 속에서 나의 행복, 나의 즐거
움, 나의 마음은 챙기지 않는다는 것이다. 즉, 나보다 다른 사람의
감정이 우선시되는 것이다. 제프리 영은 복종이 나타나는 이유를
여러 가지로 설명하고 있는데, 내 경우에는 어렸을 때 어른들에게
들은 "너 되게 착하구나", "너 모범생이구나"라는 말 때문이었다.
착한 아이로 남고 싶은 욕구가 나를 옭아매고 있어서 내가 대화를
주도적으로 이끌어 가기보다는 타인의 기분을 상하게 하지 않기
위해 복종해 버린 것이다.

　내가 질문을 받은 순간에 나와 그 사람뿐만 아니라 두 사람이
더 있었다. 그런 자리에서 "대답하기 싫어요"라고 말해 버리면, 첫
번째로는 상대방이 되게 무안해졌을 것이다. 나에게 무시당했다
는 기분이 드는 것과 동시에 함께 있는 사람들에게 자신이 타인에
게 무시당하는 장면을 보여 주게 된 꼴이니 자존심이 상했을 것이
다. 그러면 나는 그 사람에게 미움받을 게 분명했다. 두 번째로는

내가 나머지 사람들에게 무례한 사람으로 비칠 것만 같았다. 마음을 닫고 사는 사람처럼 보일 것 같았고, 분위기는 생각도 안 하는 눈치 없는 사람으로 보일 것 같았다. 그렇게 보이는 게 극도로 싫었다. 내 마음이 상하는 것보다 그게 더 싫었다. 그래서 대답을 피하고 싶었지만 깊은 내면에서는 "나는 착하고 센스 있고 친화적인 사람으로 보여야 돼"라고 조종하고 있었기에 대답을 하고 만 것이다.

나 때문에 분위기가 무거워지는 게 싫어서 불쾌한 상황에서도 웃어넘기곤 했다. 그놈의 분위기가 대체 뭐라고 내 감정을 쓰레기통에 버렸을까. 경우 없는 말을 꺼낸 사람은 상대방인데 왜 내가 눈치를 보며 수습하려 했을까. 나쁜 건 그 사람이었는데. 내가 기분 나쁜 티를 내면 상대방이 되려 기분이 상할까 봐 담담한 미소로 웃어넘겼다. 나는 무엇 때문에 스스로에게 상처를 줘 가며 상대방의 감정을 지켜 줬을까. 내 마음을 때린 건 그 사람인데, 때린 사람에게 때린 손바닥은 혹시 다치지 않았냐며 주제넘는 다정함을 베풀었던 것이다. 꽤 시간이 지났지만 아직도 그 선택을 후회한다. 그런 말은 기분 나쁘다고 정색할걸. 속도 없이 웃어 주기까지 하다니.

그날 깊은 패배감을 느낀 뒤 다음에 똑같은 상황이 들이닥쳤을 때 어떻게 하면 잘 넘길 수 있을까 끊임없이 고민했었다. 우선은 내가 불쾌함을 느끼는 정도를 단계별로 구분했다. 지난번 대답을 할까 말까 고민을 했던 이유도, 그 질문에 기분이 상하긴 했지만 '별것 아닌 정도의 소소한 기분 나쁨'이라고 판단했었기 때문이다. 하지만 막상 겪고 나니 '매우 기분 나쁨'이었다. 판단 오류의 근본적인 원인은 내가 나를 몰라서였다.

그 후로는 1을 좋음, 10을 나쁨으로 설정하고 단계를 나눈 뒤 7단계 이상의 범주에 속하는 질문들은 답변을 거절하는 선택을 내리기로 했다. '대화'라는 것은 사람 대 사람으로 이루어지는 거라 '문과'스러운 영역이지만, 사람의 말에 상처를 잘 받는 나라서 조금은 '이과'스럽게 처리해 사고를 미연에 방지하기로 한 것이다.

그런데 또 숙제가 남아 있었다. 사람 면전에 대고 "말해 주기 싫은데요?"라고 딱딱하게 말할 수는 없는 노릇이었다. 순간적인 재치가 뛰어난 편은 아니라서 몇 가지의 대답을 준비했다. 별로 친하지 않은 사람에게는 "다음에 술 한 잔 들어가면 그때 말씀드릴게요", "조금 더 친해지면 대답해 드릴게요", "우리가 더 가까워지면 그때 얘기해 드릴게요" 정도로 앞에 조건을 붙여 주는 것이다. 그 조건은 성사되지 않을 확률이 높은 상황일수록 나에게 더욱 유리하다. 다음에 술 한 잔 들어가면 말하겠다고 했지만 사실은 나도 알고 그 사람도 안다. 그럴 일은 없을 거라는 것을. 그렇지만 술을 빌미로 내가 조금 취했을 때, 내가 솔직해질 수 있을 때 말하겠다고 돌려 말하게 되는 셈이다. 실제로 그 사람과 술자리를 다시 갖게 될 수도 있지만, 그 대답을 듣기 위해 나에게 시간과 돈을 쓰는 사람이라면 조금은 마음을 열어도 괜찮지 않을까 하는 게 내 결론이다.

친하다고 하기에는 관계가 그렇게 가깝지 않고 그렇다고 안 친하다고 하기에는 공통분모가 몇 있는 사람도 있을 것이다. 그런 사람에게는 정중하게 말하되 내 사정을 부드럽게 전달하기로 했다. "아직 어떻게 말해야 할지 정리가 안 되어서요", "그건 제가 아직 다른 사람들한테 말하고 있지 않아서요", "그건 제가 더 확실해졌을 때 말씀드릴게요" 정도로 거절하기로 했다.

불쾌한 질문에는 억지로 대답하지 않아도 된다. 그렇지만 상대방의 기분을 중요하게 생각하느라 거절이 힘든 사람이라면, 대답을 하지 않은 것처럼 대답하면 된다. 대답은 하지만 정답을 주지 않으면 된다는 의미이다.

13

모두에게 완벽한 친구가
될 수는 없다

"미안, 갑자기 집에 일이 생겨 버려서……."

나는 그들이 축하받아야 하는 자리에 꼬박꼬박 참석했고, 그들에게 위로가 필요한 날에는 한걸음에 달려갔다. 내 주머니 사정이 넉넉하지 않은 때에도 내색 없이 챙겼고, 정말 바쁜 시기에도 그들이 미안해할까 봐 티 내지 않았다. 하지만 되돌아오는 그들의 모습이 나랑 같지 않을 땐 아무리 긍정적으로 생각하려고 해도 서운해지는 게 사람 마음이었다. 차라리 대화라도 이어지면 좋으련만 사정이 생겨서 미안하다고 하는데 거기에 대고 뭐라 하면 상대방 마음도 불편할 테니 그냥 괜찮다고 대답할 수밖에. 인간관계가 넓지 않아 내 사람들만큼은 잘 챙기며 살아왔다고 믿었는데 이것저것 핑계에 내가 밀리는 걸 보면 '내가 잘못 살았나' 싶은 생각마저 들었다.

　　　사람 마음이라는 게 내 뜻대로 되지 않아서 참 힘들 때가 많다. 내가 사람들에게 그렇게까지 못하지는 않았던 것 같은데 왜 나에게 이런 일이 생길까? 좋은 마음만 주고받고 싶은데 그러지 못하는 현실에 씁쓸함을 느낀다. 그렇지만 뭐 어쩔 수 있겠는가. 내 마음과 상대방의 마음이 다르다는데. 100을 주면 100을 받을 수 있는 관계이면 좋겠지만 때론 손해도 보고 이득도 보고 하는 게 인간관계라는데. 피를 나눈 가족끼리도 공평하게 주고받지 못하는데 몇십 년 동안 다른 환경에서 자란 사람들끼리 찰떡궁합이 되는 건 불가능에 수렴한다.

'조망수용 능력Perspective taking ability'은 타인의 생각이나 행동을 추론하여 타인의 입장을 이해하는 것이다. 같은 상황에 놓여 있어도 자신과 타인이 바라보는 관점이 다를 수 있음을 받아들이고 나와 다른 그 사람의 관점을 이해해 주는 능력이다. 발달심리학자 장 피아제Jean Piaget의 초기 연구에서 밝혀진 개념으로, 특정 상황에서 타인의 입장이 되어 그 사람이 무슨 생각으로 그런 행동을 했는지, 지금 어떤 생각을 갖고 있는지, 상황 속에서 어떤 감정을 느꼈을지 파악하는 능력이다.

돌이켜 보면 나도 모두에게 완벽한 친구가 되어 주지는 못했을 것이다. 누군가가 생각한 것보다 마음을 적게 줘서 나도 모르게 섭섭하게 만들기도 하고, 누군가에게는 중대한 일인데 나는 별일 아닌 것처럼 여겨 의도치 않게 상처를 준 적도 있을 것이다. 나 또한 모두에게 완벽한 사람이 되어 주는 것이 불가능한 것처럼 지금 내가 서운함을 느끼는 그 사람도 무슨 사정이 있을 거라 받아들이는 게 가장 좋은 길이다. 아침에 눈떴을 때 아무 이유 없이 몸이 너무 찌뿌듯해서 적당한 핑계를 대고 연차 쓰는 그런 마음일 것이다.

준 만큼 받지 못했다고 해서 너무 속상해하지 않기로 했다. 그럼에도 서운한 마음이 불쑥 밀려오는 건 어찌할 도리가 없는 부분이지만 최대한 비워 보려고 애쓸 것이다. 나를 향한 그 사람의 마음이 적은 게 아니라, 그 사람을 향한 내 마음이 제멋대로 커져버려서 벌어진 오해이다. 그 사람이 나빠서 서운함이 드는 게 아니다.

그 사람에게 기분 나빠할 시간에 여전히 내 곁에서 나보다 큰 마음으로 나를 아껴 주는 사람에게 연락이라도 한 번 더 하자. 나와 관련된 일이라면 무조건 일정을 빼겠다는 사람, 부탁도 안 했는데 선뜻 도와주겠다고 나서 준 사람, 다른 일 때문에 늦더라도 어떻게든 자리를 빛내 준 사람, 따로 부탁하지 않았는데 달려와 준 사람, 티 내지 않았는데 먼저 손을 내밀어 준 사람. 그런 고마운 사람들에게 더 최선을 다하자. 누군가를 미워하는 데 마음 쓰기보다는 누군가를 사랑하는 데 마음을 쓰자.

14

소중한 사람에 대한 예의

"내가 사랑하는 사람에게는 10번이고 30번이고
따뜻하게 얘기할 수 있는 존재가 되고 싶어."

"대체 몇 번을 말해야 고칠 거야?"

내가 싫어하는 행동을 했을 때 첫 번째는 웃으며 말했고, 두 번째는 이를 꽉 깨물고 차분하게 말했는데, 같은 행동을 세 번째로 반복했을 땐 울컥 올라오는 화를 참을 수가 없었다. 투 스트라이크에 이은 삼진 아웃이었다. 두 번째까지는 좋게 좋게 말할 수 있겠는데 세 번째마저 기대를 저버릴 땐 인내심이 한계에 다다른다. 사랑하는 남자친구라 그냥 넘어가 줄 수도 있는 부분이지만, 사랑하기에 같은 실수는 반복하지 않았으면 좋겠다. 그런데 내 마음 같지 않은 상대방의 부주의함에 언성을 높이고, 끝에 가서는 화를 낸 것을 후회한다.

'화내지 말고 한 번만 더 참을걸.' 나도 완벽한 인간은 아니지만 상대방이 조심해 달라고 부탁한 부분은 머리에 새겨서 반복하지 않으려고 애쓰는데, 금방 까먹어 버리고 결국 언성을 높여야 위기를 인식하는 그 사람의 성향이 나로서는 낯설었다. 우리 둘다 다툼을 싫어하지만 다투지 않으면 개선되지 않으니까 이 모순된 상황을 어떻게 헤쳐 나가야 할지 막막했다.

내 연애가 문턱에 걸려 있을 때 항상 찾아가는 결혼 25년 차인 큰외삼촌에게 물었다.

"삼촌, 남자친구가 내가 싫다고 한 행동을 계속 반복할 땐 어떻게 해야 돼? 두 번까지는 참을 수 있겠는데 세 번째에는 너무 화가 나 버려. 다투는 게 싫다면서 다퉈야만 하는 상황을 만들어."

큰외삼촌도 그런 내 마음을 이해한다면서 장문의 문자를 보내왔다.

"나는 밖에서는 내 기준에 훨씬 못 미치는 형편없는 사람도 이해해 주고 웃으며 넘겼는데, 내가 사랑하는 배우자에게는 그러지 못했어. 이럴 때 이렇게 행동했으면 좋겠고, 저럴 때 저렇게 대응할 수 있는 사람이길 바랐었거든. 그러다 보니 알게 모르게 높은 기준으로 요구하고 말도 날카롭게 나가더라고. 지금은 밖에서 만나는 사람보다 훨씬 더 너그러운 마음으로 집에서 행동하려고 노력하고 있어. 밖에서 충분히 그럴 수 있는 나인데 집에서 그렇게 못할 이유가 없다는 생각으로."

큰외삼촌의 말이 머리로는 이해가 되었지만 마음으로는 잘 받아들여지지 않았다. 이론은 빠삭한데 실전은 약한 타입이랄까. 그래서 되물었다.

"그렇지만 똑같은 말을 서너 번 했는데도 계속 똑같이 하니까 말이 곱게 안 나가는 건 어떡해?"

그러자 큰외삼촌은 방법을 제시하기보다는 목표를 그려 주었다.

"나는 내가 사랑하는 사람에게는 10번이고 30번이고 따뜻하게 얘기할 수 있는 존재가 되고 싶어."

가수 션이 TV 프로그램에 출연해 '15년 동안 아내와 단 한 번도 싸운 적이 없다'는 전 국민이 충격받을 만한 이야기를 했다. 그러자 맞은편에 앉은 연기자 김수미는 부부가 살다 보면 의견 충돌할 일이 다반사일 텐데 아내가 마음에 안 드는 행동을 할 때는 어떻게 하냐고 물었다. 션의 답변은 "기다리죠"였다. 의견이 다르면 각자의 의견을 우기기 마련이라 결과적으로 상대방을 설득하려다 다투는 경우가 많은 법이다. 션은 상대방이 내 의견을 '고집'이 아닌 '의견'으로 들어 줄 수 있는 상태가 될 때까지 기다리는 것이다. 그런데 그렇게 기다렸는데도 아내가 자신의 의견을 끝까지 주장한다면 '아내가 옳은 것'이라고 받아들인다고 했다. 사랑꾼스러운 션의 말에 개그맨 최양락이 벌떡 일어나며 다음과 같은 상황을 제시한다.

"만약에 션 씨가 정말 아끼는 노트북을 실수로 박살 냈어도 괜찮을 수 있나요?"

션은 그건 정말 대수롭지 않은 일이라는 표정으로 '그렇다'고 한다. 최양락은 "가장 아끼는 건데 용서할 수 있어요?" 하고 되묻는다. 그때 션은 딱 한 문장으로 모두를 수긍하게 만든다.

"아내보다 더 귀한 게 어디에 있겠어요?"

3이라는 숫자에 틀을 씌워 두었던 것 같다. 삼세판의 민족이라서 그런지 세 번을 넘어가면 '끝'의 느낌이 강했나 보다. 사람마다 한 번에 고칠 수 있는 영역이 있고, 아주 오랜 시간이 필요한 영역이 있다. 그건 내가 결정할 수 있는 게 아니라 그 사람의 역량에 달려 있는 건데 나는 내 멋대로 재단해서 "똑같은 말을 세 번이나 하게 만들지 말아 줘"라며 선을 그었다. 잠깐 보고 마는 사람, 어쩌면 한 번 보고 말 사람, 친하다고 말하기 애매한 사람에게는 말 한마디 조심하고 입꼬리에 경련이 올 만큼 인위적인 미소를 보였으면서, 내가 가장 사랑하고 또 나를 가장 사랑해 주는 사람에게는 한없이 공격적인 태도를 보였다. 사회에서 만난 사람들에게는 절대로 쓸 수 없는 말투와 억양으로, 왜 나는 내가 가장 소중하게 아껴 줘야 할 사람에게 거칠게 말했던 걸까. '말은 이렇게 해도 내 진심이 이렇지 않은 걸 알아주겠지', '내가 원래 이런 사람이 아니라는 걸 아니까 당연히 이해해 주겠지'라는 안일한 생각으로 그 사람 마음에 생채기를 내고 있었다. '허물없는 사이인데 굳이 가면을 써야 돼?'라고 생각했는데, 그건 가면이 아니라 사람과 사람 사이에 존재하는 예의였다.

사랑하는 사람이 똑같은 일로 내 마음을 속상하게 할 때는 "내가 저번에도 말했잖아!"라고 다그치는 게 아니라 '이 부분은 단번에 안 되는 부분이구나' 하고 따스하게 이해해 주는 사람이 되어야 한다. 10번일 때도 100번일 때도 처음과 같은 말투로 대해야 한다. 100번을 참아도 101번째에 질타를 하면 1번의 후회가 100번 참은 것을 뒤덮으니까.

15

남이 나이 먹는 건 알고
내 나이 먹는 걸 모르면 안 된다

"늙지 않는 사람은 없어."

엄마에게 문자 한 통이 왔다.

"유미야, 엄마가 친구한테 핸드폰 벨소리 선물을 받았는데 이거 어떻게 해야 되는지 모르겠네."

링크를 누르면 벨소리가 다운로드되는데, 문제는 링크만 눌러서 되는 게 아니라 앱을 설치하고 그 앱 내에서 설정까지 해야 핸드폰 벨소리가 적용되는 구조였다. 설명이 대충 되어 있었으면 '엄마한테는 어렵겠네'라고 공감했을 텐데, 과하다 싶을 정도로 세세하게 적혀 있어서 "거기 적혀 있는 대로 하면 돼. 플레이스토어에서 그 앱 받고, 선물받기 누른 다음에, 설정에서 클릭하면 될 것 같은데?"라고 무미건조하게 답장했다. "응, 알았어. 우리 딸 고마워"라고 답장이 와서 나는 엄마가 잘 해결을 한 줄 알았다. 그런데 몇 달 뒤, 명절 때 본가에 내려갔는데 엄마가 핸드폰을 건네며 또 똑같은 질문을 했다.

"유미야, 엄마가 친구한테 핸드폰 벨소리 선물을 받았는데 이거 어떻게 해야 되는지 모르겠네."

저번과 똑같은 앱이었고, 똑같은 노래였다. 엄마는 벨소리 바꾸는 법을 몰라서 그때 바꾸지 못했던 것이다. 내가 저번에 알려 주지 않았냐고, 왜 그때 설정 안 했냐고, 잘 안 되면 다시 문자를 하지 그랬냐고 물으니 "봐도 잘 모르겠어서. 벨소리가 중요한 것도 아니고"라며 엄마가 답했다. 그 말에 속이 터질 것만 같았다. 잘 모르더라도 눌러 보면 되는 건데 그것조차 하지 않는 엄마를 이해하기가 어려웠다.

"엄마, 모르면 그냥 눌러 봐. 나도 핸드폰 잘 모르는데 검색해서 따라 하고 눌러 보면서 배우는 거야."

나의 핀잔에 엄마는 아무 대꾸도 없이 씨익 웃으며 "바꿔 줘서 고마워"라는 말만 했다.

몇 달 뒤, 종합소득세 신고를 위해 필요한 서류를 떼러 주민센터에 갔다. 간단한 서류들은 무인 기계에서 뽑을 수 있도록 설명이 잘되어 있었다. 번호표를 뽑아서 직원에게 요청할 수도 있지만 주민센터는 늘 대기가 길어서 무인 기계를 이용하는 것이 훨씬 더 효율적이었다. 서류를 뽑기 위해 기다리고 있는데 내 앞에 50대 정도로 보이는 아주머니께서 무언가 난감하다는 듯이 고개를 갸우뚱거리셨다. 상대방이 원하지 않는 도움은 실례라는 말을 들은 적이 있어서 가만히 서서 핸드폰을 보고 있는데 5분이 지나도 비키지 않자 무언가 단단히 잘못되었다는 직감이 들었다. '서류 떼는 데 이렇게 오래 걸릴 건 없을 텐데.' 고개를 살짝 기울여 쳐다보니 그 원인을 단박에 알아차릴 수 있었다. 필요한 서류를 클릭한 뒤에 개인 정보를 입력하고 본인 확인을 위해 지문을 인식해야 서류가 나오는데, 지문 인식 단계에서 헤매고 계셨다. 무인 기계의 오른쪽에 있는 '지문 인식 판'에다가 지문을 대야 하는데 정면의 터치 화면에 떠 있는 '지문 아이콘'에다가 엄지손가락을 계속 댔다 뗐다 하고 계셨던 것이다. 화면 한가운데에 "지문을 입력하세요"라고 큰 글씨로 써 두고 그 아래에 빨간색 지문 그림이 있으니 나였어도 거기에 대 보고 싶은 마음이 들었을 것 같았다. 핸드폰도 액정 위에다가 손가락을 올려 지문 인식을 하니 말이다. 조심스럽게 아주머니에게 "저, 혹시 도와드릴까요? 손가락을 여기 말고 여기에 대셔야 돼요"라고 도움을 드렸다. 그러자 아주머니는 내 말을 듣고 "아이고, 그렇구나!"라며 손가락의 위치를 옮겼고 3초도 안 되어서 바로 지문이 인식되었다. 아주머니는 멋쩍은 표정을 지으며 나에게 인사를 하셨다.

"아휴, 요즘 젊은 사람 없으면 아무것도 못 해요. 고마워요."

이 일을 친구들이 있는 단톡방에 이야기했다.

"나 오늘 주민센터에 갔는데 이런 일이 있었다? 근데 그게 너무 마음이 아팠어. 효율적이자고 만든 기계인 건 아는데 어르신들이 어려워하시니까 이게 맞나 싶더라고. 아주머니 표정이 웃고 있기는 했는데 왠지 나였으면 창피했을 것 같아. 이거 하나 못 하나 싶어 가지고……."

그러자 한 친구가 내 이야기에 크게 공감한다는 듯이 바로 답장을 보냈다.

"우리 엄마가 햄버거를 좋아하는데 요즘엔 나 없으면 햄버거 아예 안 드셔. 가게들이 다 키오스크^{Kiosk, 터치스크린 방식의 무인 단말기}로 바꿨잖아. 직원한테 말하면 도와주긴 할 텐데 그건 좀 그런가 봐."

키오스크 주문을 못 해서 좋아하는 햄버거를 못 드신다니. 이렇게 서러울 수가. 그 말을 듣고 눈물이 왈칵 쏟아질 뻔했다. 그리고 곧바로 엄마가 핸드폰 만지던 모습이 떠올랐다.

"벨소리를 공짜로 선물받으면 뭐 해. 설정할 줄을 모르는데. 그래도 우리 딸이 와서 해 주니까 좋네. 딸 아니었으면 못 바꿨지."

그때 그렇게 퉁명스럽게 말하지 말걸. '왜 이것도 못하지?'라는 의아함을 가졌다는 걸 엄마는 분명히 눈치챘을 텐데. 내가 사는 세상이 전부인 줄 알고 너무 건방지게 굴었구나. 나의 태도를 반성했다.

율곡 이이栗谷 李珥 선생의 저서 《격몽요결擊蒙要訣》에는 이런 대목이 나온다.

"천하의 모든 물건 중에는 내 몸보다 더 소중한 것이 없다. 그런데 이 몸은 부모가 주신 것이다."

목을 가누지도 못하던 아이를 뛸 수 있게 만들고, 겨우 옹알이만 해 대던 아이를 외국어까지 사용할 수 있게 키워 주신 부모님이었다. 너무 어렸을 때라 기억은 없지만 그렇더라도 부모님이 "야, 너는 네 이름도 못 쓰냐?"라며 나를 비웃지 않았을 거라는 건 확신할 수 있다. 자음, 모음을 하나씩 또박또박 알려 주셨을 테고, ㅈ(지읒)을 거꾸로 써도 바로잡아 주셨을 테고, 밑그림을 그려서 따라 쓸 수 있는 종이도 여러 장 만들어 주셨을 테다.

내 이름 석 자를 쓰는 데만 해도 몇백 시간이 들었을 텐데 그런 부모님의 인내심이 기억에 없다고 건방을 떨고 있었던 것이다. 벨소리 바꾸는 거 모를 수도 있는 건데 그거 모르는 게 무슨 큰 대수라고. 그리고 나도 서서히 나이를 먹으면 새로운 것을 받아들이는 데 더뎌질 텐데, 남이 나이 먹는 건 알고 내 나이 먹는 걸 모르는 오만을 떨고 있었다.

부모님과 내가 나이 차이가 많이 나긴 하지만, 크게 놓고 보자면 같이 나이 먹어 가고 있는 처지이다. 세대가 차이 나도 유한한 인생을 함께 살아가고 있는 동지인 셈이다. **모르는 건 서로 알려 주며 배우고, 못하는 건 서로 도와주며 완성하고. 함께 나이를 먹어 가고 있는 사람이니 너무 각박하게 굴지 않기로 했다.** '왜 저걸 못하지?', '왜 이걸 모르지?'와 같은 거만함을 부리다가는 나중에 늙어서 후회할 일이 분명히 생긴다. 지금은 잘하고 잘 알지만, 못하고 모르는 일이 점점 더 많아지는 나이가 온다. 늙지 않는 사람은 없다.

16

견제는
고마운 선생님이다

> "누가 너를 견제하고 있다는 건
> 네가 엄청 잘하고 있다는 뜻이야."

친한 언니 Z가 회사에서 좋은 평가를 받아 연초에 연봉 협상을 잘하고 언니를 중심으로 새로운 부서도 신설되었다는 소식을 들었다. 언니가 전년도에 전전긍긍했다는 걸 알기에 올해부터는 일이 풀리기 시작하는 것 같아서 다행이다 싶었다. 마치 내 일인 것처럼 기뻐하며 축하의 메시지를 보냈는데, 언니의 답장에는 쓸쓸함이 묻어났다. 지금까지 친하게 지냈던 동료들로부터 거리가 느껴지는 것 같다고 했다.

"Z 님은 너무 대단하다. 나는 Z 님 때문에 인사 평가 망하는 거 아닌가 몰라. 나랑 너무 비교돼서 Z 님이랑 같이 일하면 안 되겠어", "예쁨받는 비결이 뭐예요? 혹시 팀장님들하고 따로 뭐 했어요? 혼자만 잘되려고 하지 말고 나도 알려 주라". 축하하는 듯하지만 그 속에 잔뜩 가시가 박혀 있었다. 말만 그러면 언니 혼자만의 오해일 수 있다고 얘기해 줬겠지만 진급하지 못한 그들은 언니만 쏙 빼놓고 밥을 먹으러 다니는 등의 티 나는 행동도 했단다. 언니가 없는 자리에서의 뒷담화는 안 봐도 뻔했다.

"언니가 회사에서 엄청 잘하고 있나 보다."

언니는 그게 무슨 뜻이냐며 되물었다.

"그 사람들이 그렇게 말하는 이유가 뭔지 알아? 그런 뒷담화밖에 할 수 있는 게 없기 때문이야. 아마 언니를 보고 자극받아서 더 열심히 하는 사람도 있을 거야. 나랑 나이도 연차도 비슷한데 이 회사가 이런 대우를 해 주는구나. 나도 열심히 해야지! 그렇게 자극받을 수 있는 건 바로 본인이 그럴 능력과 마음의 여유가 있기 때문이지. 그런데 능력도 여유도 안 되는 사람들은 뭘 할 수 있는 게 없어. 그러니까 언니를 깎아내리고 언니의 멘털을 흔드는 거야. 할 수 있는 게 고작 그것밖에 없으니까. '나도 못하니까 너도 못해야 돼!'라는 못된 심보랄까? 누가 언니를 견제하면 언니가 엄청 잘하고 있다는 뜻으로 받아들여."

나의 위로에도 언니는 새 부서를 맡아도 될지, 사람들 사이에서 자기가 찍힌 거면 어떡할지, 부서가 달라져도 협업할 일이 많아서 껄끄러워지면 안 될 텐데 하는 걱정을 쏟아 냈다.

머리가 복잡해 보이는 언니를 데리고 전시회에 갔다.

"이 그림 어때?"

형형색색의 물감이 칠해져 사람들의 눈길을 단번에 사로잡는 그림이었다.

"나쁘진 않은데 너무 SNS용 작품 같아서 나는 잘 모르겠네."

나는 팔짱을 끼며 언니와 반대되는 의견을 제시했다.

"오히려 SNS용 같아서 나는 좋아. 사진 찍어서 남길 수도 있고, 홍보 효과도 있을 테고. 그림이 직관적이고 쉽잖아. 언니처럼 전시회 자주 다니는 사람한테는 이게 뭔가 싶겠지만 미술 잘 모르는 나한테는 추상적인 것보다 이런 게 더 와닿더라."

언니는 내 말도 일리가 있는 것 같다며 고개를 끄덕였다.

"그런데 언니, 나는 우리가 이런 작품처럼 되어야 한다고 생각해."

뜬구름 잡는 소리에 언니는 피식 웃으며 나를 쳐다봤다.

"우리가 어떻게 작품이 돼?"

나는 차분하고 진지하게 대화를 이어 갔다.

"여기 온 사람들은 다 똑같은 작품을 봐. 그런데 누구는 너무 좋다 그러고, 누구는 별로라고 해. 똑같은 건데도 말이야. 작가의 의도를 의도대로 봐 주는 사람도 있을 테고, 의도는 궁금해하지도 않은 채 이게 무슨 작품이냐며 비난하는 사람도 있을 거야. 자기 멋대로 해석하는 사람도 있고, 작가의 의도보다 더 그럴싸한 해석을 내놓는 사람도 있을걸? 그렇지만 저 작품들이 사람들 입맛에 맞춰서 바뀌지는 않잖아. 그냥 저기 벽에 걸려 있을 뿐이지."

드라마 〈별에서 온 그대〉에서 모든 걸 다 가진 한류 여신 톱스타 천송이는 어떤 사건에 휩싸여 한순간에 추락하게 된다. 팬들은 돌아서고, 매니지먼트 회사와의 재계약이 불발되고, 촬영 중이던 드라마의 주연까지 교체되고, 기존에 찍어 둔 CF 위약금까지 물어내야 했다. 그 과정에서 천송이는 유일한 친구인 유세미의 본색까지도 보게 되었다. 세미는 중학교 때부터 송이와 친구였지만 일도, 사랑도 송이에게 밀렸다. 송이를 좋아하기도 했지만 질투하는 마음도 컸기에 송이가 위기일 때 등 뒤에 감춰 둔 칼을 꺼낸 것이다. 배신감을 느낀 송이는 차갑게 변한 얼굴로 물었다.

"너, 날 한 번이라도 친구로 생각한 적 있었니?"

그러자 세미는 한 번도 없었다며 차갑게 비웃었다. 송이는 자리를 박차고 일어나며 우정을 매듭지었다.

"내가 이번에 바닥을 치면서 기분 참 더러울 때가 많았는데 한 가지 좋은 점이 있다. 사람이 딱 걸러져. 진짜 내 편과 내 편을 가장한 적."

예전에는 어렵고 힘든 시기에 곁에 남아 주는 사람이 '진짜'라고 생각했었다. 보잘것없는 나를 보고도 하찮게 여기지 않은 사람이니까. 하지만 나이를 한 살씩 먹다 보니 '위로'보다 받기 힘든 게 '축하'라는 생각이 든다. 슬픔에 빠진 사람을 위로해 주는 것도 힘든 일이지만, 자신보다 잘나가는 사람을 질투하지 않고 진심으로 축하해 주는 건 더 큰 노력이 필요하기 때문이다.

원래 점 하나가 더 신경 쓰이는 법이다. 얼룩덜룩한 필기로 가득한 노트에 점 하나 찍힌 건 눈에 크게 안 띄지만, 반질반질한 새 노트에 점 하나가 찍히면 그게 그렇게 마음이 쓰이는 법이다. 누군가의 미움에 온 신경이 집중된다면 오히려 좋은 인간관계를 맺고 있다는 신호라고 생각하자. 내가 주변 사람에게 큰 사랑을 받고 있는 존재이기에 한 톨의 미움이 튀어 보이는 것이니까.

17

타인을 굳이 이해하려고 하지
않아도 된다

" 사람을 궁금해하지 마.
싫어하는 사람일수록 더더욱 신경을 꺼."

출간을 앞두고 마케팅 회의에서 모아진 의견대로 진행하기로 이미 결정이 났는데, 반복적으로 갈등을 유발하는 사람이 있었다. 실수로 비롯된 일이라면 가볍게 넘어가겠는데 콕 집어서 주의해 달라고 몇 번이나 당부했던 일인데도 개선이 되지 않았다. 처음에는 사람이 하는 일이니 그럴 수 있다며 부드럽게 의견을 전달했는데, 몇 달이 지나도 여전하니 '좋게 좋게 넘어가 주니까 나를 만만하게 생각하나?' 하는 불만이 스멀스멀 올라왔다.

오랜만에 만나 뵌 대학 교수님과 커피를 마시고 있는데 메일 한 통이 왔다. 중요한 업무 메일일 수도 있어서 교수님께 양해를 구한 뒤 메일함을 확인했다. 그 마케터의 이름이 미리보기에서 보이자마자 눈이 질끈 감겼다. '제발 문제 생긴 게 아니기를!' 하지만 왜 불길한 예감은 항상 들어맞는가. 그가 아무런 상의도 없이 혼자 결정해 버린 일 때문에 스케줄에 차질이 생겨 버린 것이다. 다 같이 잘해 보자고 으쌰으쌰 했던 일인데 사기를 떨어뜨리는 그 사람이 미웠다. 너무 속상한 나머지 앞에 앉아 계신 교수님께 "이

분은 대체 왜 이럴까요?", "이분은 어떤 마음인 걸까요?", "이분과
합을 맞추려면 대체 어떻게 해야 할까요?"라며 하소연을 털어놓
았다. 한참 내 얘기를 귀 기울이며 들어 주시던 교수님께서 결론
을 내려 주셨다.

"네가 그 사람을 많이 좋아하나 보다."

"네? 제가요? 아니에요. 그 사람이 저를 얼마나 괴롭게 만드는
데요."

"그렇지만 네 말만 들으면 네가 그 사람을 좋아하는 게 맞아."

"제 말이 어떤데요?"

"그 사람한테 관심을 갖잖아. 저 사람은 왜 저렇게 말할까? 저
사람은 왜 저렇게 생각할까? 어떻게 하면 저 사람이랑 안 부딪칠
수 있을까? 이거 앞뒤 내용 잘라 놓고 네 말만 들으면 거의 연애
상담 아니야?"

"그건……."

"사람을 궁금해하지 마. 싫어하는 사람일수록 더더욱 신경을
꺼. 네가 아무리 생각해 봤자 답이 안 나와. 싫은 감정이 든다는 건
너랑 안 맞는다는 거고, 안 맞는다는 건 너랑 반대의 환경에서 자
랐다는 거야. 그 사람이 살아온 수십 년의 세월은 그 누구도 이해
못 해."

"맞아요, 안 맞는 것 같기는 해요."

"너한테 너의 입장이 있듯이 그 사람에게도 그 사람의 입장이라는 게 있을 거야. 아마 내가 그 사람한테 가서 그 사람의 입장을 들어 보면 얼추 납득이 될걸? 각자의 입장이 있다는 것만 기억해. 딱 거기까지만. 공감하려고 하지 말고, 이해하려고 하지 말고."

"그렇게 하면 문제가 해결될까요?"

"그렇게 하면 화가 덜 나겠지. 감정이 덜어지면 문제를 해결할 수 있는 시야가 넓어져. 그렇게 한다고 문제가 반드시 해결되는 건 아닌데, 적어도 화가 나 있는 상태보다는 문제를 해결할 확률은 높아지지."

뒤이어 교수님은 딸과 관련된 일화를 들려주셨다. 선생님은 집에서 쉬고 싶은 마음을 뒤로하고 주말마다 가족들과 여행을 자주 다니는 편이었다. 아내와 딸은 그런 선생님에게 고마워하고 있을 거라고 예상하고 있었다. 친구 만나면서 늦게까지 술을 먹는 것도 아니고, 집에서 하루 종일 TV만 보며 빈둥대는 것도 아니고. 일정도 알아서 다 짜고 운전을 해서 목적지까지 데려다주는, 가족을 위해 헌신하는 남편이자 아빠를 당연히 좋아라 할 줄 알았다. "엄마랑 아빠랑 여행 다니는 거 좋지?"라는 질문을 딸에게 하기 전까지는 말이다.

"나는 여행 가는 거 싫어. 힘들고 피곤하고. 아빠는 일정을 너무 빡세게 잡아 오잖아. 엄마는 그거 때문에 짜증 내고."

교수님은 딸의 말에 바로 반박했다.

"너 그래도 갈 때마다 재밌게 놀았잖아. 여행 가는 걸 좋아하는 줄 알았지."

어떻게든 설득해 보려는 교수님의 노력은 물거품이 되고 시니컬한 대답만 돌아왔다.

"나는 아빠가 여행 다니는 거 좋아하는 줄 알고 따라다닌 건데?"

그 말을 들은 교수님은 당황스러움을 금치 못했다고 한다. 이처럼 아빠와 딸 사이에도 다양한 입장이 존재한다.

직장인 15대 불가사의

1. 저 사람은 회사에서 왜 안 잘리는 거지?
2. 왜 아직 수요일밖에 안 된 거지?
3. 결국 자기 마음대로 할 거면서 왜 나한테 시킨 거지?
4. 아니, 뭘 얼마나 더 설명해 줘야 하는 거지?
5. 대체 저 사람은 이 회사에 어떻게 들어온 거지?
6. 이번 달은 진짜 얼마 안 썼는데 왜 텅장이지?

7. 저런 사람한테도 애인이 있다고?

8. 분명히 피곤했는데 왜 잠이 안 오지?

9. 저 사람은 왜 또 지랄이지?

10. 자기가 한 말인데 왜 자기가 기억을 못 하지?

11. 연봉 협상할 때만 되면 왜 갑자기 회사가 어려워지지?

12. 담당자는 왜 내가 찾을 때마다 부재중이지?

13. 퇴근 한 시간 전만 되면 일이 왜 몰려오는 거지?

14. 회의실에 같이 들어갔으면서 왜 나한테 또 묻는 거지?

15. 뭐 한 것도 없는데 벌써 일요일 밤 9시라고?

(©사연을읽어주는여자)

위의 리스트는 내 SNS 채널에 올려 많은 인기를 얻었던 콘텐츠다. 이미 눈치챈 사람도 있겠지만 15개의 문항 중 대부분이 내 입장과 상대방의 입장이 달라서 생기는 물음표이다. 몇천 명의 사람이 이 의문에 공감하는 걸 보면 나만 억울함을 달고 사는 게 아니라 다들 이렇게 사나 보다 싶었다. 그렇게 생각하니 마음이 한결 가벼워졌다. 내가 겪은 일이 아주 흔한 일이고, 각자의 입장 차이에서 생긴 일이라고 여기니 '에이, 그냥 잊어버리자. 저 사람도 다 먹고살려고 저러는 거겠지' 하는 여유가 생겼다. 지금까지 관계가 비뚤어지려고 하면 상대방의 마음을 이해하고 공감해 보려고 노력했는데, 마음이 많이 틀어졌을 때는 막 붙잡고 애쓰는 것보다 '저 사람은 저 사람 나름의 이유가 있겠지' 하며 탁 놓아 버리는 게 도움이 된다는 걸 알게 되었다.

아무리 풀려고 해도 안 풀어지는 관계는 각자의 입장이 있다는 것만 생각하자. 빨간색은 빨간색, 파란색은 파란색. '왜 저걸 빨간색이라고 부르지?'라고 물음표를 달지 않는 것처럼 '저 사람은 저 사람대로 사는 것.'이라고 마침표를 찍고 내 머릿속에서 내보내자.

18

그 사람의 말,
선물일까 쓰레기일까?

" 그냥 내버려 둬. 저러다 말아. 제풀에 지쳐."

다 좋은데 말을 예쁘게 못하는 친구 G가 있었다. 대놓고 상욕을 하는 사람이었다면 나도 대놓고 치고 박아 줄 텐데, 아슬아슬하게 줄타기하듯 툭툭 건드리는 사람이라 자칫 잘못 발끈했다간 내가 예민한 사람 취급을 받을 게 뻔했다. 나만 G의 말에 기분이 상하는 건지 궁금했지만 그걸 다른 친구들에게 물어 봤다간 괜히 뒷담화를 주도하는 것 같아서 물어보지 않았다. 모임을 나갈 때마다 찜찜하고 불쾌한 기억만 떠안고 돌아오기 일쑤라 점점 G가 포함된 그 모임에는 참석하는 횟수가 줄어들었다. 약속을 주도하던 내가 다른 핑계를 대며 자리를 회피하고, 단톡방에서는 리액션 담당이었던 내가 조용하니 다른 친구들이 눈치를 챈 모양이었다. G 빼고는 다 착하고 눈치 빠른 친구들이었으니까.

"너 G 때문에 그러지?"

그 모임의 일원인 친구 J에게 따로 문자가 왔다. '그렇다'고 대답하면 지나치게 솔직한 것 같고 '아니'라고 대답하면 그다음 둘러댈 대사가 없었다.

"꼭 G 때문이라기보다는 전반적으로 나랑 성향이 다른 것 같아서~ 너도 알잖아. 내가 전부를 포용할 만큼 둥글둥글하지는 않다는 거. 나한테도 문제가 있는 거겠지."

적당히 둘러대며 더 이상 참석을 강요하지 않기를 바라는 내 뜻을 전했다. 그러자 J가 답했다.

"다른 애들도 G를 좋게 보고 있지는 않아. 요즘 타깃이 너로 꽂혀서 더 그러는 듯해. 걔 나한테도 그랬어."

다른 친구들에게도 무례하게 구는 낌새를 아예 못 느낀 건 아니었지만, 그깟 거 대수냐는 듯 허허 웃으며 넘어가 주고 별일 없었다는 듯이 모임에 나오길래 나만 이 무리에 못 어울리나 하는 생각을 했었다. '저런 말과 행동, 나만 거슬리나? 다들 나랑 성향이 좀 다른가 보다' 했다.

"걔 왜 너한테만 그러는 줄 알아? 우리 중에 네가 유일하게 걔를 상대해 줘. 어떻게 보면 네가 걔한테 친구가 되어 주는 거지. 우리는 그냥 무시하거든. 내버려 둬. 저러다 말아. 제풀에 지쳐."

인도의 저명한 요가 수행자 사드구루Sadhguru가 강연에서 이런 말을 했다.

"화가 나는 것은 당신이 느끼는 것입니다. 화남이 당신에게 일어나는 게 아니라 당신이 화난다고 느끼는 겁니다. 화내는 것을 좋아하나요? 싫어하는군요. 싫어한다면서 왜 화를 내는 거죠?(웃음) 주변 사람들은 우리가 싫어하는 일을 많이 합니다. 하지만 당신이 어떠한 감정을 느끼게 할지는 결정할 수 없어요. 당신의 마음이니까요. 당신의 마음속에는 당신이 원하는 일만 일어나게 해야 하는데 상대방의 결정에 따라서 내 마음이 결정 나요. 당신의 마음인데도요. 내가 어떠한 감정을 느낄지는 나 스스로가 결정해야 합니다. 똑같은 상황에서 당신이 어떤 감정을 느낄지 결정할 수 있다면 분노를 선택하시겠습니까, 아니면 기쁨을 선택하시겠습니까?"

'주인主人'의 사전적 의미는 '대상이나 물건 따위를 소유한 사람'이다. 내 마음, 내 생각, 내 기분, 내 표정, 내 하루. 내 것의 주인은 내가 되어야 한다. 그런데 우리는 막상 상황에 부닥치면 상대방이 쥐고 흔들 수 있게끔 주도권을 내어 준다. 상대방의 무례한 말에는 '퉤' 하고 뱉어 내고 상대방의 어이없는 행동에는 '왜 저러냐?' 하고 무시하면 되는데, 우리는 그 쓰레기를 신줏단지 모시듯이 애지중지 품는다. 남이 준 선물은 마음에 담고 남이 던진 쓰레기는 버려야 하는데, 우리는 슬프게도 선물은 구석에 처박아 둔 채 쓰레기를 마음에 담고 산다.

타인과 기분으로 밀고 당기기를 할 때는 네가 이기나 내가 이기나 줄다리기를 하지 말고 그냥 줄을 탁 놓아 버리는 게 가장 현명한 처사이다. '오케이! 네 인생은 네 인생, 내 인생은 내 인생!'이라는 마인드를 장착하고 줄을 잡고 있는 손을 놓아 버리면 뒤로 넘어지는 건 오히려 그 사람이다.

누군가 나에게 무례하게 굴 때는 '에잇, 쓰레기!' 하며 버려 버리자. 냄새나는 쓰레기를 굳이 관찰하며 '내가 잘못한 건가?', '내 문제인가?', '내가 고쳐야 하나?' 하며 뜯어보지 말자. 쓰레기는 쓰레기일 뿐이다.

19

제멋대로 기대하고
제멋대로 실망하지 않기

"안 예민하면 더 편하긴 하겠지.
근데 안 예민한 너는 네가 아닌걸?"

"꼭 너 닮은 자식 낳아 봐라."

대한민국 부모님의 단골 대사 중 하나이다. 뭣도 모를 땐 "어, 꼭 낳을게!" 하며 반항했지만 지금 생각하면 그보다 더 어마무시한 저주는 없을 것이다. 나도 그런 말을 듣고 자랐을 만큼 순한 성격은 아니었는데, 언제부턴가 이런 나의 무난하지 않은 성격이 콤플렉스가 되었다. 굳이 시작점을 따지자면 아마 내가 연애라는 걸 하기 시작했을 때부터였던 것 같다.

지금까지 모든 연애에서 이별을 말한 쪽은 나였다. 그리고 사람은 달랐지만 이별의 이유는 같았다. 내가 상대방을 힘들게 만든다고 느껴지면 '나 말고 더 좋은 여자 만났으면 좋겠다'라는 그림자가 드리워서 마음이 더 이상 그 사람을 사랑하지 못하게 만들었다. 글로만 보면 무슨 드라마 속 비련의 여주인공 같은 대사냐 싶을 수 있는데, 단연코 그런 아련함 따위는 단 한 방울도 없었다. 내 곁에서 힘들어하는 상대방을 보면 참을 수 없이 괴로웠고, 내가 마치 죄인이 된 것 같은 기분에 숨을 쉴 수가 없었다.

심리학자 제프리 영이 18가지로 분류한 스키마 중에서 '결함·수치심Defectiveness·Shame'은 자신이 결점이 많아서 사랑받을 자격이 없는 사람이라고 믿는 것이다. 나의 본모습은 그 누구도 받아들이지 못할 거라고 생각하며, 다른 사람이 나의 진짜 모습을 알게 된다면 실망하고 떠나갈 거라고 믿는다. 즉, 스스로를 '거품'이라고 여기는 셈이다. 이러한 신념을 가진 사람은 자신의 본모습을 들키지 않기 위해 자아를 감추고, 스스로를 과소평가해서 누군가가 칭찬을 해 줘도 기분 좋게 받지 못하고 오히려 튕겨 낸다. 또한 자신과 타인을 끊임없이 비교하며, 스스로를 별 볼 일 없는 사람으로 낮춘다고 한다.

결함의 덫에 걸려들어 있는 나를 구해 준 건 지금의 남자친구였다. 나도 자라면서 성격이 많이 둥글어지고 이해의 폭이 넓어졌지만 그럼에도 남들보다 예민하고 감정 기복이 있는 건 객관적인 사실이었다. 함께 로맨스 드라마를 보고 있는데 남녀 주인공이 서로 다투는 장면이 나오자 문득 남자친구에게 궁금해졌다.

"내가 가끔 예민해지거나 기분이 들쑥날쑥할 때, 이런 내가 버겁지 않아?"

그러자 남자친구의 입에서 단 1초의 고민도 없이 대답이 나왔다.

"너랑 사귀면서 네가 안 예민하거나 안 들쭉날쭉하기를 바란 적이 없는데?"

스스로도 고쳐야 한다고 느낄 정도로 별로인 성격인데 어떻게 바라지 않을 수 있는지 궁금했다.

"그래도 내 성격이 무난하면 더 편할 거 아니야."

그 이후로 이어진 남자친구의 대답이 나를 안심시켰다.

"편하려고 만나나? 사랑하니까 만나지. 어떤 모습이라도 괜찮아. 나는 너의 어떤 한 부분을 사랑하는 게 아니라 너를 사랑하는 거니까. 안 예민하면 더 편하긴 하겠지. 근데 안 예민한 너는 네가 아닌걸? 그건 다른 사람이잖아.(웃음) 나는 너를 사랑하고 싶지 다른 사람을 사랑하고 싶지 않아. 그러니까 성격 고치려고 하지 마. 안 되는 거 고쳐 보려다 괜히 병난다!"

남자친구는 '실망'이라는 건 상대방으로부터 나오는 것이 아니라 자신으로부터 나오는 것이라고 말했다. 자기 멋대로 밑그림을 그려 놓고 그 선에 맞춰서 색칠해 주기를 바라는 자신의 기대가 실망의 근원지인 것이다. 아무리 이타적인 사람이라도 '사람'이기에 기준의 중심은 결국 '나'가 된다. 내 차가 30km/h로 밟고 있을 때, 옆 차가 60km/h로 밟으면 그 속도가 빠른 편이 아닌데 도 '저 차 되게 세게 밟네'라고 생각한다. 반대로 내 차가 100km/h 로 밟고 있을 때 앞차가 60km/h로 밟으면 아까 옆 차가 밟았던 속도와 같음에도 '아, 저 차 왜 저렇게 천천히 가'라고 생각한다. '나'를 기준으로 상대에 대한 평가가 달라지는 것이다. 그렇기에 남자친구는 '왜 저렇게 느려 터진 거야'라고 불만이 올라올 때면 '저 사람이 느린 게 아니라 내가 빠른 것 아닐까? 내가 천천히 가 면 되는 거 아닐까?' 하고 스스로를 되돌아본다고 했다. 그것이 사 람을 대할 때 실망하지 않을 수 있는 자신만의 비결이라고 전수해 줬다.

'내가 저 사람의 기분을 상하게 만들어서 내가 나쁜 사람이 되 면 어떡하지?' 나는 사람을 만날 때 항상 이러한 두려움이 있었다. 그래서 내 진짜 모습을 감추려고 애썼다. 바깥에서 적당히 사회생 활 하는 것처럼 말이다. 그런데 남자친구가 '실망'은 내 탓이 아닌 자신의 몫이라는 말에 조금은 편안하게 기댈 수 있게 되었다.

"제멋대로 기대하고 제멋대로 실망하지 않을게."

이 한마디가 살면서 내가 들은 가장 포근한 말이었다.

20

잔소리를 하게 되는
진짜 이유

"내가 힘들어하는 걸 네가 못 견디는 것 같아.
정작 당사자인 나는 견딜 만한데 말이야."

남자친구가 회사를 그만둘 계획을 갖고 있었다. 그런데 다른 회사로 이직하는 게 아니라 프리랜서로 전향하는 걸 원했다. 사실 나는 주변 사람들이 프리랜서를 해 보고 싶은데 어떻겠냐고 의견을 물어 오면 대부분 추천하지 않는 편이었다. 프리랜서의 생활이 어떤지 뻔히 알았으니까. 회사를 다닐 수 있으면 회사를 계속 다니는 것이 좋다는 내 생각은 지금도 변함이 없지만, 남자친구의 계획에 대해서 무모하다고 말하고 싶진 않았다. 그는 기존 회사에서 다양한 이야기를 모아 편집하는 업무를 맡고 있었던 터라, 프리랜서라는 미래가 뜬구름 잡는 계획은 아니었다. 더구나 그의 성실함은 주위 동료가 모두 인정했다. 그의 성품을 믿었기에 나는 그의 계획에 동의를 했다.

프리랜서로 전향한 지 3개월 차, 순항할 것만 같던 그의 계획에 갑자기 차질이 생겼다. 이쯤 되면 성과가 평균치에 도달하고 어느 정도 수익이 생겨야 하는데, 예상과는 정반대로 빗나가고 있었다. 첫술에 배부를 수는 없겠지만, 우리가 생각했던 최악의 경우보다 반응이 더 저조해서 마음이 처참해졌다. 동업한 것도 아니고 오로지 그 사람의 일이었는데 내 마음이 더 아팠다. '그냥 회사 다니라고 할걸', '내가 조금 더 보수적으로 조망할걸'. 나 때문에 남자친구 인생의 청사진이 어그러진 것처럼 느껴졌다. 그런 죄책감이 든 이후부터 갑자기 나의 잔소리가 늘어나는 것이 느껴졌다. 내가 잔소리 듣는 걸 싫어해서 애인에게도 잔소리를 웬만해서는 하지 않는데, 소소한 일에도 꼬리말이 붙었다. "아니, 그렇게 하면 안 된다니까? 조금 더 디테일을 살리면 퀄리티가 올라가잖아", "아니, 이거 내가 저번에 알려 준 건데 까먹었어? 그러게 내가 메모하랬지!"처럼 문장의 시작 앞에 항상 답답함의 '아니'가 붙었다.

'잔소리'라는 건 듣는 사람도 힘들지만 사실은 잔소리하는 사람도 힘들다. 잔소리가 우리의 관계에 득이 될 게 없다는 걸 아는데도 왜 자꾸 참지 못하고 튀어나올까. 크리스마스 때 와인을 나눠 마시며 진솔한 대화를 나눴다.

"나 부쩍 잔소리 심해졌지? 미안해. 나도 그러고 싶지 않은데 자꾸 말부터 나가네. 잔소리하고 나서는 늘 후회하거든. 나 원래 안 이랬는데 왜 이렇게 됐지?"

그러자 남자친구는 내 잔소리 속에 답이 있다고 알려 줬다.

"내가 힘들어하는 걸 네가 못 견디는 것 같아. 항상 내가 힘들지 않았으면 좋겠다는 식의 말을 하더라고. 정작 당사자인 나는 견딜 만한데 말이야."

이번 달의 성과가 어땠는지 매달 함께 확인하는데, 데이터가 잘 안 나왔을 때 그 사람의 표정도 매번 확인하게 된다. 한껏 상처받은 얼굴. 그리고 그 상처의 원인은 나에 대한 사랑이었다. '내가 잘되어서 맛있는 거 사 줘야 하는데', '내가 돈 많이 벌어서 좋은 곳 데리고 가 줘야 하는데', '내가 성공해서 갖고 싶어 하는 거 사 줘야 하는데'. 그걸 알기에 그 사람이 상처받는 모습을 보는 게 너무나도 힘들었다. 그걸 견디기가 어려우니 빨리 저 구렁텅이에서 빼내어 주고 싶은 마음에 쓴소리를 하게 된 것이다. 뒷면에 있는 내 진짜 마음은 '그 사람은 행복하기만 했으면 좋겠다'였다. 하지만 그건 내 입장일 뿐이다. 잔소리도 애정이 있어야 가능한 거라며 좋게 포장하지만, 잔소리는 상대방을 위한 게 아니라 저 모습을 못 봐주겠는 내 마음을 어떻게든 해결해서 얼른 끝내 버리려고 던지는 것이다.

그 사람의 불안정한 상황이나 감정까지 내가 해결해 주려고 하지 않아도 된다. 마음은 그 마음을 가진 스스로가 제대로 소화시켜야 안정감을 얻을 수 있다. 엎어져도 내가 엎어지고 다쳐도 내가 다쳐야 '이 정도 어그러지는 건 괜찮구나'를 배우며 단단해지고 한 걸음 더 내디딜 수 있는 용기를 얻는다. 숙제를 매번 대신 해 주면 이루어 낸 것이 아무리 많아도 조그마한 시련 앞에 풀썩 주저앉고 만다. 낮은 단계에서 배울 수 있는 건 차근차근 익히고 다음 단계로 넘어가야 '어떤 난제도 풀어 낼 수 있는 사람'이 된다.

누군가가 나의 자유를 침해하거나 박탈하려고 하면 반항심이 생겨서 나의 자유를 지키기 위해 그것과 반대로 행동하고 싶어진다. 쉽게 말해 '청개구리 같은 행동'이다. 청소를 하려고 했는데 청소하라는 소리를 들으면 갑자기 하기 싫어지고, 둘의 연애는 안 된다며 부모님이 반대할수록 더 붙어 있고 싶어지는 심리이다. '심리적 역반응Psychological reactance'이 생기는 것이다. 하라고 하면 하기 싫고, 하지 말라고 하면 하고 싶어지는 묘한 마음을 안 겪어 본 사람은 없을 것이다. 그 마음을 이해한다면 곁에서 지켜만 보는 것이 답답해서 한마디 던지고 싶더라도 딱 눈 감고 기다려 주는 건 어떨까.

지금 가장 답답한 건 본인이다. 굳이 한마디 더 얹지 않아도 이미 머리가 복잡할 사람인데 괜히 거기에 불을 지펴서 관계를 망치

지 말자. 이게 맞다 저게 맞다 하는 '판단'도 결국에는 내가 만든 틀일 뿐, 세상의 정답이 아니다.

큰 어려움 없이 말을 예쁘게 하는 사람이 있다.

그의 입에서 나오는 다정한 문장은

관계를 위해 정성을 쏟은 결과물이다.

'말'이라는 건 그 정성을 귀로 듣는 것과 같다.

PART 03

일.

더 넓은 세상으로
나아가게 하는 말

21

진짜 어른이
되는 법

" 원래 그 나이는 실수하는 나이니까
마음에 담아 두지 마요."

첫 아르바이트는 고깃집이었다. 오후 4시부터 오픈하는 곳이었는데, 나는 그때 3시에 출근해서 9시 조금 넘어 퇴근하는 저녁 타임을 맡고 있었다. 당시 일하는 사람들 중에서는 내가 제일 늦게 들어온 막내였다. 한창 바쁘던 와중에 누군가의 주문 실수가 있었다. 손님이 생갈비를 시켰는데 양념갈비로 주문이 들어간 것이었다. 수기로 주문받은 내용을 적는 시스템이라 누가 실수를 했는지는 본인이 아니면 모르는 상태였다. 같이 일하던 알바생은 나를 포함해서 총 4명이었는데 여자 사장님과 주방 이모님은 뜬금없이 나에게 뭐라고 하셨다. 엄청 시끌벅적한 시간이었는데도 나를 혼내는 두 사람의 목소리가 홀에 다 들릴 만큼 컸다. 홀에 있던 다른 아르바이트생들도 내 눈치를 봤다. 내가 주문받은 게 아닐뿐더러 누가 주문을 받았는지 알 수 없는 상태였는데 왜 내 실수일 거라고 단정하는 거지? 내가 만만해서 타깃으로 삼은 게 분명했다. 나는 너무 억울해서 눈물이 날 것 같았지만 거기에 말을 보태 봤자 언쟁이 길어질 게 뻔해서 그냥 고개를 숙인 채 듣고만 있었다.

지금 생각하면 아무 일도 아니지만 어린 나이에 나름 첫 사회 생활이었던 내게는 결코 작은 일이 아니었다. 너무 창피했고 자존심이 상했다. 그렇게 멘털이 나간 채 계속 일하다가 의자에 걸린 손님의 카디건 위에 찌개 국물을 쏟고 말았다. 바로 중심을 잡아서 국물이 조금 튄 정도였지만 손님에게 실수한 적은 난생처음이었기에 어찌할 바를 몰랐다. 얼굴이 하얗게 질려서 죄송하다고 고개를 숙이며 연신 사과했고 세탁비를 드리겠다고 말씀드렸다. 어떤 고함이 날아와도 다 받아들이겠다는 마음으로 눈을 내리깔고 있었는데 손님의 목소리는 온화했다.

"얼마 안 흘렸네요. 이 정도는 그냥 세탁기 돌리면 없어지니까 괜찮아요."

밥 먹다가 내 실수로 옷에 뭐가 튀어도 기분이 나쁜데. 괜찮아도 괜찮은 게 아닐 게 뻔했다. 몇 번 더 말씀드리면 받아 주실 것 같아서 세탁비를 물어 드리겠다고 했지만 손님은 계속 마다하셨고, 그 줄다리기에서 결국 승리하셨다.

그 손님이 가시려고 하자 다른 아르바이트생보다 내가 먼저 나서서 계산을 하려고 했다. 다시 한번 사과하기 위해서였다. 카드를 받으며 정말 죄송하다고 고개를 숙이며 사과했는데 손님은 지갑에서 만 원 한 장을 꺼내 나에게 건네셨다.

"나도 학생 때 아르바이트하다가 실수 많이 했어요. 혼도 많이 났고. 원래 그 나이는 실수하는 나이니까 마음에 담아 두지 말고 이걸로 집에 갈 때 음료수 한 병 사 먹어요."

무지막지한 실수를 하고 폐를 끼쳤는데 되려 위로를 받다니. 너무 죄송해서 안 받으려고 하자 계산대 옆에 툭 올려 두고 가셨다. 마지못해 지폐를 주머니에 넣고 떠나가시는 손님의 뒷모습에 꾸벅 인사를 했다.

아르바이트가 끝난 뒤 집에 도착해서 입었던 옷을 세탁기에 넣으려고 주머니를 뒤졌는데 아까 받은 만 원짜리 지폐가 나왔다. 그것과 동시에 눈물도 튀어나왔다. 내 잘못도 아닌데 공개적으로 망신당한 게 너무 분해서 절대로 실수하지 말자고 마음을 다잡으며 일했는데 손님 옷에 국물을 흘리는 실수를 해 버렸다. 모든 걸 망친 하루라고 생각했는데 그 만 원 덕분에 더 열심히 잘 살아야겠다는 생각이 들었다. 나중에 아르바이트생이 나에게 실수하면 갑의 위치에서 혼내는 게 아니라 괜찮다고 다독여 주는 손님이 되기 위해서. 고깃집 사장님 부부가 아르바이트생들을 함부로 대해서 좋지 않은 기억들도 있지만, 그 손님 한 분 덕분에 나의 첫 아르바이트는 따스한 추억으로 남아 있다.

1961년 스탠퍼드대학교 심리학과 교수인 앨버트 반두라Albert Bandura는 '관찰학습Observational learning' 연구를 발표했다. 관찰학습이란 타인의 행동을 관찰하거나 타인이 그 행동을 했을 때 받는 보상이나 벌을 받는 모습을 관찰하는 것이 학습이 되고, 비슷한 상황이 왔을 때 동일한 행동을 재현하여 모방한다는 이론이다. 예를 들어, 어떤 학생이 복도에 떨어져 있는 쓰레기를 주웠는데 선생님이 그 모습을 보고 칭찬을 해 줬다고 하자. 쓰레기를 줍고 칭찬받은 학생을 본 다른 학생은 예전 같았으면 복도에 떨어져 있는 쓰레기를 모른 척하며 지나갔을 텐데 이전에 이루어진 관찰학습 덕분에 그냥 지나치지 않고 그 쓰레기를 줍는다.

아르바이트를 할 때 손님의 옷에 국물을 쏟은 건 엄연한 업무적 실수였다. 손님이 화를 낼 만한 과실 100%의 상황이었는데 손님은 자비를 베풀었다. 그 상황을 직접 경험한 나는 '저게 진짜 멋진 어른이구나. 나도 미숙한 사람의 실수는 너그럽게 넘어가 줘야지'라는 가치관을 배웠다. 같이 일하는 다른 아르바이트생들도 "저런 손님도 있구나. 진정으로 돈 쓰는 법을 아는 사람인 듯" 하며 감탄했다. 그리고 손님에게 용서받는 모습을 본 고깃집 사장님은 나에게 미안했는지 다음 날 가게 오픈 전에 물냉면을 하나 말아 주셨다.

한 사람이 여섯 사람을 변화시킬 수 있었던 건, 우리가 사회 속에서 질긴 인연으로 연결되어 있어서이다. 오늘은 내가 실수를 당하는 입장이었지만 반대로 나도 언제든지 실수를 하는 입장이 될 수 있으니까. 뫼비우스의 띠라고 해야 할까. 매 순간을 현자賢者처럼 살 수는 없겠지만 나에게도 '저런 때'가 있었음을 떠올린다면 측은지심惻隱之心이 내면에서 끓어오를 것이다.

책 속에 나오는 위인, 국위 선양하는 선수, 위기의 순간에 등장한 영웅 등 이름을 날리는 사람이 많고 많지만, 정작 인생의 가치관을 바꿔 준 건 그 손님이다. 벼랑 끝으로 떨어지려고 할 때 손을 잡아 준 귀한 분이니까.

말 한마디가 누군가의 인생을 좋게도, 나쁘게도 바꿀 수 있다는 걸 인지했다면 미숙함으로 발생한 실수 정도는 덤덤하게 넘어가 주는 '찐어른(진정한 어른)'이 되는 건 어떨까. 내가, 내 친구가, 내 동생이, 내 자식이, 내 손주가 훗날 저런 실수를 할 수 있다는 생각으로 말이다. 나 혼자 사는 세상이 아니니까 우리 조금은 넉넉하게 살아가자. 사소하게 베풀었던 모습들은 나에게, 내 가족에게, 내 이웃에게 궁극적으로는 다시 돌아온다.

22

귀찮고 지루한 일을
매일 해야 하는 이유

"하기 싫고 귀찮은 일을 꾸준히 오랫동안 하면
자기가 하고 싶은 일을 평생 할 수 있다고 생각해요."

작가들과 만날 때 자주 받는 질문이 두 가지가 있다. 하나는 "작가님은 어떻게 글을 매일 써요?"이고 나머지 하나는 "작가님은 어떻게 마감일을 딱 지켜요?"이다. 작가들은 매일 글감이 생각나지 않을뿐더러 글이 잘 써지지 않을 때 흰 배경 화면만 보고 있는 것만큼 고역이 없다고들 말한다. 마감일이 다가올수록 초조해져서 머리가 더 굳어지고 결국에는 편집자님께 사과의 연락을 하거나 극단적으로는 잠수를 타게 된다고. 작가 생활을 오래 하고 싶은데 이러한 고민 때문에 스트레스가 너무 심하다고 했다.

어떻게 글을 매일 쓰냐는 질문에는 "일단 쓴다"라고 답한다. 나도 매일 좋은 글이 떠오르는 것은 아니고 매일 글이 잘 써지는 것도 아니다. 그렇지만 짧은 두세 문장의 메모 형식이라도 글을 남기고, 기승전결 완벽한 글이 못 되더라도 끄적이기라도 한다. 잘 쓰려고 하는 게 아니라 쓰는 행위에 의의를 두는 것이다. 그것을 습관으로 들이면 죽이 되든 밥이 되든 눈에 보이는 게 만들어져 있다. 그 소소한 만족감이 나를 자라게 한다.

어떻게 마감일을 딱 지키냐는 질문에는 "내가 천재가 아니기 때문"이라고 답한다. 나는 아무렇게나 휘갈겨도 명문장이 되고, 책을 낼 때마다 극찬을 받는 작가가 아니다. 물론 그런 작가라고 해서 '마감'이라는 약속을 어겨도 된다는 의미는 절대 아니지만 적어도 실력이 뛰어나면 더 이해를 받을 여지가 있을 것이다. 하지만 나는 딱히 가진 게 없는 사람이다. 그래서 성실함을 무기로 삼는 것이다. '비록 이 작가는 글을 뛰어나게 잘 쓰는 사람은 아니지만 적어도 약속은 지키는 사람이니 회사 내부 계획에 문제를 주지는 않겠군' 하고 안심을 주는 작전이다.

한 오디션 프로그램에서 심사위원으로 나온 박진영 프로듀서가 발성 연습인 '스케일Scale 트레이닝'을 30년 동안 하루도 안 빠지고 매일 30분 동안 해 왔다고 말했다. 스케일 트레이닝은 반주자가 피아노로 '도, 레, 미, 파, 솔, 파, 미, 레, 도' 이렇게 음정을 맞춰 주면 노래하는 사람이 그 음정에 맞춰 '아, 아, 아, 아, 아, 아, 아, 아, 아' 소리를 내는 것이다. 이를 통해 음감, 박자, 발성을 연습하는 것이다. 기초적인 단계라 이미 노래를 유창하게 잘하는 사람에게는 자칫 따분하게 느껴질 수도 있는 트레이닝이다. 그러나 박진영 프로듀서는 이 재미없는 것을 해내는 것이 기본 중의 기본이라고 조언한다.

"귀찮고 지루한 일을 매일 해야 꿈이 이루어지거든요. 자기가 하고 싶은 일을 평생 하려면요. 매일 성실하게, 아주 하기 싫고 귀찮은 일을 꾸준히 오랫동안 하면 자기가 하고 싶은 일을 평생 할 수 있다고 생각해요."

글을 쓰는 건 재밌지만 작가로 일을 하는 건 마냥 재밌지만은 않다. 아무리 찾아도 명쾌하게 나오지 않는 자료 조사, 눈알 빠지게 체크해야 하는 오탈자, 앞에 쓴 글과 겹치지 않는 글감 찾기 등 손가락이 굳을 정도로 도무지 진도가 나가지 않는 순간이 더 많다. 하지만 이 지루한 일을 매일 빠짐없이, 약속한 시간을 어기지 않고 하는 이유는 '아직은 다른 일을 하고 싶지 않아서'이다.

한 분야에서 꾸준히 오랫동안 잘해 내기 위해서는 뛰어난 능력이나 번뜩이는 아이디어가 필요한 게 아니다. '늘 하던 거니까 이젠 안 해도 되겠지' 하는 자만심 버리기, '대충 해도 큰 차이 없을 거야'라는 안일함 가지지 않기, '꼭 이런 것까지 해야 돼?' 하는 귀차니즘 버리기. 가장 아래층에 있는 기본기를 푸대접하지 않는 것이다.

23

만만한 사람에게
기회가 더 많이 간다

" 죽이 되든 밥이 되든 다 맡으려고 하고,
진흙탕이 될 게 뻔한데도
제 발로 걸어 들어가려 하니까."

에디터 시절 다른 사람과 함께 진행하는 컬래버레이션Collaboration 콘텐츠에 회의적인 편이었다. 중고등학생 때 조별 과제, 대학생 때 팀플(팀 프로젝트)을 통해 갈등의 원인은 업무 속에 있는 게 아니라 사람과 사람 사이에서 발생하는 걸 이미 배웠기 때문에 굳이 사서 고생하고 싶지 않았다. 함께 회의를 하다가 감정이 상해서 완전히 틀어진 관계를 가까이에서 보았기에, 이 회사에서는 좋은 기억만 남기고 싶어서 문제가 될 만한 건더기를 원천 봉쇄해 버렸다. 그렇다고 해서 "절대 협업하지 않습니다"를 써 붙이고 다닌 건 아니었지만 하나둘씩 짝을 지어 사부작사부작 무언가를 하러 다닐 때 나는 외딴섬에 살고 있으니 '저 사람은 혼자 하는 걸 좋아하는가 보다' 하는 이미지가 구축되었다. 회사도 에디터 개인을 존중해 주는 편이라 배려 차원에서 나처럼 각개 전투하는 에디터만 모아 둔 팀을 아예 따로 신설해 줬기에 이런 나의 행동이 마냥 좋은 것만은 아니라는 걸 모르고 있었다.

나와 비슷한 시기에 회사에 들어간 동료 W는 소심하고 내성적이었지만, 조그마한 기회라도 있으면 적극적으로 참여해서 자신의 밥그릇을 찾아가는 사람이었다. 자신이 소속된 부서의 일만 하는 게 아니라 타 부서에 기웃거리며 같이 할 만한 일이 없나 탐색하고 다녔다. 처음 입사할 때는 마케터로 들어갔지만 이제는 콘텐츠 기획에도 참여하고, 촬영도 하고, 상품 제작도 하는 다재다능한 인재가 되어 있었다. 물론 과정이 쉽지만은 않았다. 그 중심에는 수많은 다툼과 화해, 결정과 번복, 재촉과 지체가 있어서 W는 항상 약을 달고 살았다. 그렇지만 나와 비슷한 나이에 다양한 커리어를 쌓은 건 부러운 면모였다.

사석에서 W를 만났을 때 "어떻게 많은 사람들이 W 님을 찾게 만들 수 있어요? 아시다시피 저는 좀 혼자 일하는 편이잖아요. 제가 원해서 그렇게 된 것이긴 한데, 그럼에도 제가 같이 하고 싶은 매력적인 사람이었다면 다른 사람들이 먼저 다가와 주지 않았을까 하는 생각이 있거든요." 하고 물었다. 그러자 W는 러브콜을 받는 사람이 되는 비법을 알려 줬다.

"제가 만만한 사람이라서 그래요. 죽이 되든 밥이 되든 다 맡으려고 하고, 진흙탕이 될 게 뻔한데도 제 발로 걸어 들어가려 하니까. 새로운 걸 시도하려고 할 때 가장 먼저 사람을 모아야 하잖아요? 그런데 새롭게 하는 건 리스크가 커서 끈질긴 설득이 필요해요. 이거 무조건 잘될 거다, 하면 좋을 거다. 그렇지만 저라는 사람한테는 힘들게 설득할 필요가 없는 거죠. 그냥 하자고 하면 하니까. 사실 제가 거절을 잘 못 하거든요. 그래서 학교 다닐 땐 그게 가장 큰 단점이었어요. 친구들이 대놓고 저를 만만하게 봤거든요. 숙제도 맨날 제 것 베끼고, 과제 할 때 저한테만 몰아주고, 자리 맡아 달라 그러고. 그런데 사회생활 시작하고 나니까 만만한 사람인 게 장점이 되더라고요. 제가 느끼기에 유미 님의 이미지는 슈퍼맨이에요. 어려운 일도 주변 사람한테 도움을 요청하지 않고 어떻게든 혼자서 다 해내는? 제가 회사 다니면서 유미 님이 다른 사람에게 부탁하는 걸 잘 못 봤어요. 그래서 사람들이 '저 사람은 혼자하는 걸 좋아하나 보다. 어차피 말해도 안 하려고 하지 않을까? 이미 혼자서 잘하고 있는데 뭐 하러' 하며 지레 차단해 버리는 거죠."

드라마 〈대장금〉에 나오는 한백영 상궁은 원리 원칙을 매우 중요하게 여기고 조금은 차갑고 무뚝뚝한 성격이었다. 궁 안에서는 권력과 사리사욕을 채우기 위해 각종 비리와 부조리가 난무했는데, 한 상궁은 그들에게 휩싸이느니 차라리 장고^{醬庫, 조선시대 궁궐의} ^{장을 만들고 관리했던 곳}로 가겠다고 말할 정도였다. 정말금 상궁은 너무 단단해서 부러질 것만 같은 한 상궁에게 지난날의 궁 생활을 돌아보며 왜 사람들이 부정한 일을 저지르는지 설명해 준다.

"늘 사람이 바글거렸지만 궁은 외로웠다. 모두들 아마도 그 외로움에 지쳐 그렇게들 시기와 질투가 있었을 게야. 외로움에 지쳐 승은이라도 입어야겠으니 아등바등했을 테고, 외로움에 지쳐 부라도 얻어야겠으니 남에게 빌붙었을 테고, 외로움에 지쳐 권력이라도 얻어야겠으니 권모술수라도 써야 했겠지."

마지막으로 정 상궁은 한 상궁에게 최고 상궁의 자리를 물려주며 어머니처럼 따뜻한 마음으로 조언을 건넨다.

"어여삐 여기거라. 불쌍히 여겨. 네가 원칙을 지키고 싶은 만큼 사람을 어여삐 여겨. 그러지 않으면 네 단호함이 사람들에게 낯설고 무섭게 보일 게야. 쉽지 않지. 단호하게 하는 것과 융통성 있게 하는 것. 그러나 너는 할 수 있다. 조금만 여유를 가져."

사람을 만날 때 만만한 사람처럼 보이지 않으려고 애썼다. 원래는 콩 심은 데 콩이 나야 하는데, 인간관계는 친절을 심었는데 적반하장으로 되돌아온 경험을 적지 않게 겪었다. 그래서 나는 나를 지키기 위해 성벽을 높게 쌓아 동그라미 안에서 살았다. 그런데 그 동그라미는 스스로를 지키는 데는 도움이 되었지만 폭넓은 경험을 쌓을 수 있는 기회를 앗아 갔다. 누군가 나를 만만하게 보는 것이 나쁜 줄만 알았는데 적당히 만만한 사람으로 가면을 쓰는 것도 사회생활에서는 하나의 전술이었다. 똑 부러지고, 빈틈없고, 손해 안 보고, 원칙대로 하는 것도 중요하지만 결국에는 어울려 살아야 하는 인간 세상이기에 조금은 넉넉해질 필요가 있다. 미운 놈도 떡 하나 더 얻어먹지만, 만만한 놈도 떡 하나 더 얻어먹으니까.

24

로또도 노력한 사람이
맞는 것이다

" 저게 실력이겠어? 그냥 로또 맞은 거겠지. "

첫 번째 책을 무사히 출간하고 이름 석 자 뒤에 '작가'라는 호칭이 붙었을 때 뒷얘기로 많이 들렸던 말이 "등단도 안 했는데 작가는 무슨 작가라고"였다. 두 번째 책이 베스트셀러가 되었을 때는 "저게 실력이겠어? 그냥 로또 맞은 거겠지"였고, 세 번째 책을 낸 뒤에는 "두 번째 책은 엄청 잘된 걸로 아는데 이번 책은 왜 저렇대? 역시 저게 실력이었던 거지"였다. 모두가 나를 좋은 시선으로 봐줄 수 없다는 건 알지만 뒷담화의 근원지가 불과 몇 달 전까지만 해도 나의 대박을 축하해 주던 사람이라는 걸 알았을 땐 크나큰 상처가 되었다. 게다가 나와 동종 업계에서 일하는 작가였다. 겉으로는 잘되기를 바란다고 말했지만 속으로는 고꾸라지기를 바랐던 모양이다.

독일어에 '샤덴프로이데Schadenfreude'라는 단어가 있다. 이 말은 고통Schaden과 기쁨Freude의 합성어인데, 타인이 불행을 느낄 때 은근하게 찾아오는 기쁨을 의미한다. 일본 교토대 의학대학원의 다카하시 히데히코高橋英彦 교수는 젊은 사람들을 대상으로 샤덴프로

이데 실험을 했다. 피험자들에게 동창생들이 사회적으로 성공해서 누구나 부러워할 만한 생활을 하고 있는 장면을 상상해 보라고 했다. 그리고 기능성 자기공명영상ⁱMRI 장비로 그들의 뇌를 촬영했다. 그랬더니 불안한 감정이나 고통에 관여하는 뇌의 부위가 반응했다. 반대로 아까 그 성공한 동창생이 갑작스러운 사고를 당하거나 실패를 겪어서 불행해지는 장면을 상상해 보라고 했다. 그랬더니 쾌감에 관여하는 뇌의 부위가 반응했다고 한다. 한국의 옛 속담 '사촌이 땅을 사면 배가 아프다'와 비슷한 셈이다.

당신이 원하는 목적지에 먼저 도착한 그 사람은 절대로 꽃길만 걷지 않았을 것이다. 소나기가 내려서 온몸이 젖은 날도 있었을 것이고, 진흙탕에 빠져 허우적거리기도 했을 것이다. 모진 바람에 휘청이기도 하고, 날아오는 나뭇가지에 맞아 상처가 나기도 했을 것이다. 그렇게 온몸으로 부딪치며 도착한 목적지이다. 멀리서 보기에는 그 성공이 갑자기 당첨된 로또로 보일 수 있다. 하지만 높은 목표라면 단지 찍신(시험 문제의 답이나 미래의 어떤 일을 잘 찍어서 맞히는 사람)이 들려서 당첨될 수 있는 수준이 아닐 것이며, 설령 로또 당첨이라고 하더라도 매주 로또를 사러 가는 노력이라도 한 사람이다. 로또에 당첨되기를 바라면서 로또를 사지 않는 사람조차 수두룩하니까.

샤덴프로이데의 반대 개념으로 '무디타 Mudita'라는 말이 있다. 이 단어는 불교 용어인데 타인의 행복을 보고 느끼는 기쁨을 의미한다. 상대방을 헐뜯고 깎아내리며 에너지를 얻지 말고 상대방의 경사에 함께 기뻐하며 시너지를 얻어야 한다. 당신이 원하는 목적지에 도착하기 위해서는 타인으로부터 배움이 있어야만 가능하다. 그게 어떤 목적지이든 혼자서는 도착할 수 없다. 온 신경을 본받고 익히고 성장하는 데 쏟아도 될까 말까 한 게 목표인데 타인을 흉보고 훼방 놓고 긁는 데만 신경을 쓴다면 순조로울 일도 그르치게 된다. 진심으로 축하할 줄 아는 사람에게 진심으로 축하받을 일이 생긴다. 기쁨을 주고받을 수 있도록 마음을 넉넉하게 키워 보자.

25

산불을 기다리는
나무가 있다

"다음에 또 똑같은 실패를 하면 안 되니까.
그건 진짜로 실패한 게 되어 버리거든요."

"작가님은 후기를 정말로 다 보시네요?"

출간 후 인터넷에 올라온 후기를 바탕으로 이런저런 의견을 드리자 출판사 편집자가 신기하다는 듯 물었다. 출간 계약 전 미팅 때 그 많은 댓글을 다 읽어 보냐고 물었던 분이었다. 책 표지 날개 부분에 넣는 작가 소개에 '구독자가 남기는 수천 개의 댓글을 매일 챙겨 읽는다'고 써 두었기에 나온 질문이었을 테다.

"댓글이나 후기를 절대 안 읽으시는 작가님들도 계시거든요. 그거에 스트레스를 너무 받으신다고."

나는 그 말에 공감된다는 듯 끄덕이며 대답했다.

"저도 댓글이나 후기를 읽으러 들어갈 때마다 눈 감고 심호흡을 한 뒤에야 클릭해요. 무섭거든요."

후기의 대부분은 애정 어린 내용이지만 가슴을 후벼 파는 하나의 글이 뇌리에 선명하게 남는 법이다. 내가 클릭한 글에 어떤 내용이 담겨 있을지 모르기에 상자를 열기 전이 가장 겁난다. 그 정도로 마음이 힘든 일이라면 건너뛰어도 되지 않냐는 편집자의 질문에 나는 '그럼에도 불구하고' 그럴 수 없다고 답했다.

"저는 실패도 기회라고 생각해서 그 기회를 놓치고 싶지 않아요. 다음에 또 똑같은 실패를 하면 안 되니까. 그건 진짜로 실패한 게 되어 버리거든요. 그래서 귀한 후기를 놓을 수가 없어요."

성공은 좋은 것, 실패는 나쁜 것. 예전의 나는 이토록 이분법적이게 생각했었다. 어른들은 한창 어린 나이의 아이에게도 "커서 꼭 성공해라" 하고, 미디어 속 인터뷰를 하는 사람들도 결국엔 성공한 이들만 나와서 많은 사람에게 박수를 받으니 그런 생각이 들 수밖에. 하지만 실패를 해야만 배울 수 있는 게 있다. 때로는 성공했을 때 배우는 교훈보다 더 값진 교훈을 얻을 때도 있다. 그래서 출간 날짜가 다가올 때쯤 나는 두 가지 준비를 한다. 성공할 준비와 실패할 준비. 어떤 결과가 오더라도 겸허히 받아들이겠다는 다짐이다. 그 끝에는 배움이 있을 테니까.

식물은 불과 천적처럼 보인다. 불이 나면 어찌할 새도 없이 다 타 버려서 재로 남으니까. 하지만 불이 나기만을 기다리는 식물도 있다. 뱅크스소나무, 자이언트 세쿼이아, 쉬오크와 같은 나무들이다. 이들의 솔방울은 200도 이상일 때만 벌어진다. 아주 고온의 열이 있어야만 씨앗을 퍼뜨릴 수 있는 것이다. 왜 굳이 불이 난 후에 씨앗을 퍼뜨릴까? 초록초록한 환경일 때 씨앗을 퍼뜨리면 더 좋을 텐데 말이다. 그 이유 또한 자연의 섭리에 있다.

여러 식물과 동물이 불에 타서 죽으면 그 재가 땅의 거름이 되어 줘서 씨앗이 잘 자랄 수 있는 환경이 된다. 또, 주변에 있던 나무들이 타서 없어지면 무성한 나뭇가지들이 만들어 내던 그림자를 제거하고 햇빛을 독차지할 수 있으니 이 또한 씨앗이 잘 자랄 수 있는 환경이 된다. 산불은 많은 생명을 잠식시키지만, 위기를 기회로 삼을 줄 아는 나무들은 다른 나무들보다 물을 많이 머금어서 자신이 타지 않도록 불로부터 보호하고 씨앗을 퍼뜨려 생명을 탄생시킨다.

연필로 쓰다가 틀렸을 땐 지우고 다시 쓰라고 지우개를 만들었고, 펜으로 쓰다가 틀렸을 땐 덮어서 다시 쓰라고 화이트를 만들었다. 핸드폰은 지움 버튼, 컴퓨터는 뒤로 가기 버튼, 붙였다 뗀 뒤 다시 붙일 수 있는 리무버블 스티커, 게임에서는 다시 하기. **틀렸을 때를 대비하는 대상을 만든 건, 사람이라면 충분히 틀릴 수 있고 틀려도 다시 하면 된다는 걸 알려 주기 위해서일 것이다.** 공부할 때 성적을 높여 주는 건 문제 개념을 배우는 것도, 인터넷 강의를 듣는 것도, 문제를 푸는 것도 아니다. 틀린 문제를 오답 노트에 적어 가며 복기하는 것이다. 맞힌 문제는 한번 맞히면 계속 맞히고, 틀린 문제는 한번 틀리면 계속 틀린다. 결국 점수를 올리려면 틀린 문제를 다시 안 틀리게 하는 게 중요하다.

초등학생 때부터 안경을 써 와서 안경 바꾸는 데 쓴 값만 백만 원이 넘을 것이다. 당시에 유행했던 안경이란 안경은 다 써 봤다. 무테안경도 써 보고, 색깔이 들어간 안경도 써 보고, 굵은 뿔테 안경도, 알이 엄청 큰 잠자리 안경도, 동그란 안경도, 각진 네모 안경도. 그러다 20대 중반부터는 한 가지 스타일의 안경만 쓰고 있다. 안경테의 색깔도 그대로이다. 이때까지 써 본 안경들은 내 얼굴과 어울리지 않는데 지금 정착한 안경 스타일이 나의 분위기와 가장 잘 어울린다는 것을 발견했기 때문이다. 나의 스타일을 찾을 수 있었던 이유는 나와 안 어울리는 스타일의 안경을 샀기 때문이다. 안 어울리는 안경을 쓴 못생긴 내 얼굴이 없었다면 끝끝내 찾지 못했을 것이다.

나는 겁도 많고 간도 작고 소심한 편이고 상처도 잘 받는다. 그래서 그 누구보다도 실패하는 걸 싫어하고 두려워하고 겁을 낸다. 하지만 실패와 천적인 성격을 가지고 있음에도 절대로 실패를 외면하지 않는다. 자존심 상하더라도 내가 저지른 실패와 똑바로 마주하려고 애쓴다. 실패를 인정하는 순간 더 큰 세계가 펼쳐진다는 걸 아니까.

26

같은 거리라도
똑같은 걸음으로 걸을 수는 없다

" 누구는 세 걸음 만에 가고
누구는 열 걸음 만에 갈 수도 있는 거야.
중요한 건 결국 가고 있다는 거야. "

나는 항상 어딘가 좀 더딘 사람이었다. 남들이 쉽게 쉽게 해 버리는 것조차 한 번에 되는 법이 없고 시행착오가 많았다. 대학은 재수를 해서 제 나이에 들어가지 못했고, 졸업도 동기들보다 늦게 했다. 책도 나와 결이 비슷한 작가님들에 비해 많이 출간하지 못했다. 나의 방향성도 아직 분명하게 정하지 못했다. 속마음을 다 털어놓을 수 있는 친구를 사귀는 것도 20대 후반이 되어서야 알았고, 사랑은 아직도 잘 모르겠다. 남들은 며칠이면 배우는 자전거를 1년 동안 고군분투해서 겨우 배웠고, 설명서를 찬찬히 읽지 않으면 단순한 기계조차 다루지 못한다.

외할머니가 밭에서 캐 온 시금치를 거실에 풀어 놓고 하나씩 다듬고 계셨다. 노랗게 말라비틀어진 잎은 뜯어내고 뿌리 끝부분을 칼로 반듯하게 잘라 내기만 하면 되는 간단한 작업이다. 외할머니의 말동무도 되어 드리고 일손도 도와드릴 겸 곁에 앉았다. 한 10분쯤 지났을까. 정신을 차려 보니 외할머니 쪽에는 시금치가 수두룩하게 쌓여 산 모양을 갖추었는데, 내 시금치는 고작 집

뒤에 있는 동산 정도였다. 시금치 다듬는 것까지 느려 터졌다는 걸 두 눈으로 확인하게 되니까 그거 참 별일 아닌 건데도 마음이 상했다.

"할머니, 나는 왜 이렇게 느려 터졌을까? 졸업도 늦어, 일도 뒤처져, 결정하는 것도 굼떠. 이젠 하다 하다 시금치 다듬는 것도 엉성해. 나 어떡하면 좋아?"

외할머니는 자신이 살아온 인생의 절반도 살지 않은 손녀의 투정이 귀여웠는지 웃으며 말씀하셨다.

"왜? 누가 우리 손녀 보고 느리다고 뭐라고 해?"

쯧, 하고 혀를 차며 "아니, 내가. 내가 답답해서 그래"라며 한숨을 쉬었다. 그러자 외할머니는 성장통을 겪고 있는 손녀가 안쓰러웠는지 흙 묻은 손을 슥슥 닦은 뒤 다정하게 머리를 쓰다듬어 주셨다.

"같은 거리를 걸어도 누구는 세 걸음 만에 가고 누구는 열 걸음 만에 갈 수도 있는 거야. 중요한 건 결국 가고 있다는 거야."

'벽에 붙은 파리 효과 Fly-on-the-wall effect'라는 말이 있다. 부정적인 상황에 갇혀 있을 때 그 안에서 빠져나와 제3자의 객관적인 시선으로 자신을 바라보면 전보다 긍정적으로 받아들일 수 있음을 의미하는 용어다. 심리학자 오즈렘 에이덕Ozlem Ayduk과 이선 크로스Ethan Kross가 진행한 심리 실험에서 벽에 붙은 파리를 예로 든 것에서 유래한 말이다. 내 고민이 아무리 크더라도 벽에 붙은 저 파리가 듣는다면 '그거 아무것도 아니구만' 하고 여길 것이다. 우리나라 속담 중에 '남의 염병이 내 고뿔만 못하다(남이 걸린 죽을병보다 내 감기가 더 아프게 느껴진다)'와 비슷한 뜻인데, 사람 심리라는 게 아무리 작아도 내 고민은 언제나 어렵고 아무리 커도 남의 고민은 해결책이 쉽게 보이는 것과 같다.

제3자가 내 고민을 들어 준다고 상상해 보면 명쾌한 답변이 돌아올 것 같았다. 졸업이 늦는 걸 고민한다면 "졸업만 잘 하면 됐지 1~2년 늦는다고 세상이 무너지진 않아", 일이 뒤처지는 걸 고민한다면 "그럼 더 잘하기 위해 노력하면 되지", 결정하는 게 굼뜬 걸 고민한다면 "그건 굼뜬 게 아니라 신중한 거야"라고 대답해 줄 것 같았다.

그런데 그 답변이 외할머니가 해 주신 말씀과 문맥이 같았다. 방향이든 속도든 결국 가고 있다는 것이 중요하다는 것. 답을 이미 알고 있는데 안 좋은 일이 겹쳐서 오면 나도 모르게 부정적인 목소리들에 사로잡혀 동굴 속으로 들어갔다.

느려도 좋으니 완주할 수 있는 내가 되자. 걷는 법만 잊지 않는다면, 포기하지 않고 계속 걸어간다면 결승선이 기다리고 있을 테니까.

27

평가받는 건
잠재력이 아니다

" 한 계단 올라가려면
고요함을 견딜 줄 알아야 하는 것 같아. "

어렸을 때부터 만화 보는 걸 좋아했고, 스마트폰으로 모든 걸 볼 수 있는 시대가 왔을 때부터는 웹툰을 챙겨 봤다. 웹툰을 볼 때마다 '어? 이거 완전 내 이야기인데' 하며 공감하는 일이 잦았고, 때로는 등장하는 캐릭터에 감정 이입을 하기도 했다. 그렇게 한 분야에 몰입하게 되니까 '나도 이거 해 보고 싶다!'라는 욕심이 생겼다. 예전에는 만화과나 애니메이션과를 졸업해야 비스름한 일들을 할 수 있었지만 요즘은 아니다. 계정만 있으면 바로 업로드할 수 있는 플랫폼도 있고, 그림 그리는 도구도 욕심만 내지 않는다면 10만 원 선에서 구입할 수 있다. 어떤 주제로 이야기를 다루면 좋을지, 메인 캐릭터는 어떤 것으로 할지, 제목은 어떻게 할지 등 방향성을 고민한 뒤 본격적으로 시작할 준비를 갖췄다.

'역시는 역시'라는 말이 적합하려나. 끊임없이 연습하고 다른 사람도 알 정도로 열심히 하는데 내 만화를 본 독자들의 평가는 냉정했다. 그저 그런 마음이었다면 실망도 안 했을 텐데 제대로 각 잡고 임했던 일이라 너무나도 큰 좌절감이 왔다. 다른 작가들은 독자의 악플이나 평가에 상처받느라 스트레스가 어마어마하다던데, 나는 시작도 못 하고 있으니 허공을 젓는 기분이었다. 아무리 해도 '지망생'에만 머무를 뿐이었다. 되든 안 되든 노력하는 걸 좋아해서 일단 도전부터 하고 보는 성격인데 '잘하는 것과 열심히 하는 것은 다르구나' 하는 벽을 처음 느꼈다. '재능이 중요하구나. 타고나는 게 중요하구나. 나는 가진 게 없는데 그럼 어떡하지?' 13만 원 주고 샀던 태블릿은 장롱행이 되었다.

몇 달 뒤, 지인 A와 우연히 함께 밥을 먹을 기회가 생겼다. A는 인스타그램에서 활동 중인 유명한 웹툰 작가였다. 식사가 나오기 전까지 형식적인 근황 토크를 했는데 이야기가 흘러 흘러 내가 태블릿을 샀던 데까지 옮겨 갔다. A는 그동안 내가 했던 것을 궁금해하며 관심을 가졌다. 이렇다 할 게 있어야 뭐라도 보여 줄 텐데 스스로에게 실망하고서 다 지워 버린 탓에 아무것도 남지 않은 상태였다. "그래도 지우지 말지. 아깝게!"라며 A가 아쉬워하자 그때 내가 느낀 한계를 설명한 뒤, 그림을 가지고 있으면 쓸쓸함만 남을 것 같아서 바로 삭제해 버렸다고 했다. 그러자 A는 자신의 일화를 들려주었다.

"나도 처음에는 봐 주는 사람도 없었어. 그래도 그림 그리는 게 좋으니까 꾸준히 했어. 할 수 있는 건 꾸준하게 하는 것뿐이더라고. 그랬더니 조회수도 늘고 댓글 달아 주는 사람도 생기더라? 너도 내 만화 봐서 알겠지만 내가 무슨 대단한 작화력을 가진 것은 아니잖아. 대단한 스토리를 쓰는 것도 아니고. 그런데도 봐 주는 사람이 생기더라고. 그 한 번이 다가 아니었던 거야. 한 계단 올라가려면 고요함을 견딜 줄 알아야 하는 것 같아. 아무도 안 알아주는 숨 막히는 침묵 속이지만 내가 할 일을 소신껏 하면 결국에는 알아주는 사람들이 하나둘씩 생겨서 입소문을 타고 퍼져 가더라고."

A의 조언을 들은 그날, 나는 다시 펜을 들고 그림을 그렸다. 그전의 나는 어떻게든 퀄리티를 높이려고 애썼다. 구도도 완벽하게, 비율도 완벽하게, 채색도 완벽하게. 하지만 A는 군이 그렇게까지 하지 않아도 된다며 나를 설득했다. 어차피 프로로 데뷔하는 것도 아니고 취미로 하는 건데, 흰 바탕에 검은 선만 사용해서 해 보라고 권유했다. 선이 비뚤면 비뚠 대로 그림체가 되는 것이니 자꾸 지우고 고치고 하지 말고 한 번의 터치로 완성해 보라고 했다. 다만 스토리 전개만큼은 매력적이어야 한다고 강조했다.

"너 완벽주의 성격 있는 거 알아서 수정 안 하는 게 힘들다는 거 아는데 그래도 눈 딱 감고 그냥 올려 봐. 스토리만 괜찮으면 반응 좋을 거야. 나 한번 믿어 봐."

A가 업계 선배이니 일단 조언을 따라 보기로 했다. A의 말대로 흰 바탕에 검은 선으로 그림을 그리고 몇 군데만 포인트 색깔을 넣었다. 선이 조금 삐뚤삐뚤해도 고치지 않고 자연스럽게 남겨 뒀다. 3시간 정도 공들여 웹툰을 완성했고, 이거 진짜 올려도 되나 1시간 정도 고민을 한 뒤 업로드 버튼을 눌렀다. 이런 걸 웹툰이라고 올렸냐고 욕먹을까 봐 바짝 쫄아 있는데 사람들의 반응은 의외였다. 삐뚤어진 선이나 어색한 구도, 대충 칠해진 색은 신경 쓰지 않았다. 내용이 너무 공감 가고 재밌다는 댓글만 달렸다. 다른 웹툰의 댓글에서 본 그런 꿈만 같은 댓글들이었다.

고등학생들이 클래식 연주로 서바이벌을 벌이는 한 프로그램에서, 그곳의 심사위원이었던 한수진 바이올리니스트가 모든 연주가 끝난 뒤 학생들에게 이야기했다.

"오늘 이 자리에서 여러분의 연주가 평가받을 수는 있어도 여러분이 가지고 있는 보석 같은 잠재력은 그 누구도 평가할 수 없는 거예요. 그래서 여러분이 추구하는 음악 세계의 길을 소신 있게, 그리고 열정적으로 걸어가다 보면 상은 음악이 선사해 줄 거라고 믿어요."

자신의 연주 한 번이 전부가 아니라는 바이올리니스트의 말은 나에게도 큰 위로가 되었다.

지금까지 내가 그렸던 그림 하나하나가 조금 부족한 것이지 무궁무진한 나의 잠재력까지 부족한 건 아니었다. 하나를 완벽하게 완성시키지 못할 때마다 '나는 소질이 없어'라고 채찍질했는데 생각해 보면 한 번에 되길 바라는 건 내 오만이었다. 그리고 아무런 바람 없이 그저 재미있어서 취미로 시작했다고 생각했는데 무의식은 콩고물을 바라고 있었나 보다. 인기가 생기기를, 팬이 생기기를, 커리어가 되기를. 부푼 기대를 안고 뛰어들었는데 바랐던 것만큼 수준이 올라가지 않으니 아무것도 얻지 못할까 봐 지레 겁먹고 손을 놔 버린 것이다.

한 번 한 번에 일희일비하지 말아야 한다. 물론 그 한 번 한 번에 최상의 결과물을 내려고 최선을 다해야 하는 건 맞지만 그러지 못했다고 해서 좌절할 필요는 없다. 한 번의 결과물이 나의 전부를 말해 주는 것은 아니다. 그 어떤 것에도 흔들리지 말고 하다 보면 순위나 인기, 수익 같은 건 자연스레 동아줄에 엮여서 따라온다. 이런 말, 저런 말에 휘둘리지 말고 소신만 뚜렷하게 잡고 간다면 조금 늦더라도 빛나는 순간이 찾아올 거라고 믿는다.

28

갇혀 있다는 느낌에서
벗어나는 방법

" 그냥 나오면 되는 건데.
진짜 아무것도 아닌 건데. "

친구 K가 직장 내 괴롭힘에 시달리고 있었다. 궂은 일도 싹싹하게 도맡아 해서 칭찬이 기본값이던 K가 왜 갑자기 그렇게 되었나 알아봤는데, 회사 내부 정치 싸움에 휘말린 상황이었다. K가 속했던 팀의 팀장이 다른 곳으로 이직하면서 함께 있던 팀원들도 데리고 갔다. K도 그 물살을 타고 함께 이직하려고 했는데 친하게 지내던 다른 팀장이 이렇게 이직하는 건 도리가 아니라며, 네가 원하는 업무를 맡을 수 있는 팀으로 인사이동을 해 주겠다는 식으로 붙잡았다. 그 말에 마음이 약해진 K는 이직을 포기하고 회사에 남기로 했다.

모든 것이 잘 협의가 되어 순탄할 것만 같았던 K의 회사 생활. 그러나 K는 무언가 단단히 잘못되었다는 걸 곧 체감했다. 회사 입장에서는 갑자기 많은 공석을 낸 팀을 고깝게 봤다. 하필 그 팀에서 남은 사람은 K밖에 없었고, 모든 화살이 K에게 쏠렸다. 근거 없는 소문이 부풀려져 마치 사실처럼 결정이 나 있었고, K는 함께 도망가려다 능력이 부족해서 떨거지로 남은 사람이 되어 있었다. 이미 다른 회사로 가 버린 사람에게 뭐라 할 수 없으니 K에게라도 책임을 전가하기 시작한 것이다. 새로 들어간 팀의 팀원들은 소문 많은 K와 어울리는 걸 꺼려 했고, 팀장도 '얘한테 일 가르쳐서 뭐 해. 어차피 다른 데 갈 텐데'라는 불신으로 가득 차 있어서 중요한 일을 맡기지 않았다. 하루아침에 낙동강 오리알 신세가 되어 버렸다. K는 어려운 상황을 잘 헤쳐 나가 보고자 남들이 귀찮아하는 일을 나서서 하기도 하고, 늦게까지 야근하며 이 팀에 헌신하겠다는 의사도 내비쳤으나, 이미 사람들에게 단단히 낙인이 찍혀 버려서 그의 노력은 가식으로 전락했다.

한 달 동안 고생했지만 사람들이 K를 바라보는 눈빛은 하나도 변하지 않았다고 한다. 이미 색안경을 쓴 마음은 노력으로 변화시킬 수 있는 게 아니라는 걸 깨달은 K는 고통 속에서 살기를 택했다. 사람을 옆에 두고 뒷담화를 해도, 찌꺼기 같은 일만 넘겨줘도, 자신만 쏙 빼고 회의를 해도, 대놓고 무시하는 말을 해도 이 안에서는 아무것도 할 수 없으니 감정 쓰레기통이 되는 걸 선택한 것이다. 그전까지만 해도 K는 퇴근길마다 나에게 문자로 고충을 털어놓았는데, 손을 놓은 뒤로는 회사 일로 연락하는 법이 없었다. 걱정이 된 내가 잘 지내고 있냐고 먼저 안부를 물어도 형식적인 대답만 되돌아왔다.

심리학자 마틴 셀리그만 Martin Seligman 이 찾아낸 '학습된 무기력 Learned helplessness' 현상은 내가 아무리 노력해도 피하거나 극복할 수 없는 환경에 반복적으로 노출되었을 때, 나중에 자신의 능력으로 피하거나 극복할 수 있는 상황이 와도 그곳에서 빠져나오려고 하지 않고 포기해 버리는 것을 의미한다. 심리학자 도널드 히로토 Donald Hiroto 가 이를 바탕으로 인간에게 실험을 했던 사례가 있다.

A집단, B집단에게 불쾌한 소음을 동일하게 들려주었다. A집단에게는 버튼을 누르면 소음이 꺼진다는 것을 학습시켰고, B집단에게는 무엇을 해도 소음을 끌 수 없게 했다. 그리고 C집단에는 아무런 소음도 들려주지 않았다.

그 후 모든 피험자에게 불쾌한 소음을 들려주었을 때 A집단과 C집단은 소음으로부터 벗어나려는 노력을 했지만 B집단은 계속 소음을 받아들이며 스스로를 고통에 노출시키고 있었다. 이처럼 내가 노력했으나 상황을 변화시키지 못했던 경험은 인간에게 무기력을 학습시킨다.

6개월쯤 지나 K는 이직을 했고 그동안 자신의 징징거림을 들어 줘서 고맙다며 이직 턱을 쏜다고 했다. 회사 근처에서 점심을 먹고 나오는데 K가 어떤 한 무리와 웃으며 인사를 했다. 아는 사람들이냐고 물었더니 전 직장 동료들이라고 했다. 몇 개월을 들들 볶았던 사람들인데 저렇게 웃으면서 인사를 할 수 있다니 놀라웠다. 연락이 없던 사이에 오해를 풀고 화해했나 싶어서 K에게 물었다.

"너 전 직장 동료들이랑 사이 안 좋지 않았어? 얼굴만 봐도 심장이 조여 온다며. 이제 괜찮아졌어?"

그러자 K는 크게 한숨을 내쉬며 답했다.

"예전 회사에 다닐 때는 그 회사가 내 세상이었거든. 매일 출근해야 하고 매일 보던 사람과 지내야 하는데, 그 틀에 박힌 공간에 날 좋아해 주는 사람이 아무도 없는 거야. 그런데 회사를 나오고 나니까 신기하게도 다 괜찮아졌어. 회사 안에 있을 때는 그 회사 사람들이 내 전부여서 거대해 보였는데 울타리 밖으로 나오니까 그게 사실이 아니라는 게 확 와닿더라고. 그러고 나니까 바로 괜찮아졌어. 월급 못 받더라도 회사를 바로 그만뒀어야 했는데. 그땐 왜 그렇게 미련하게 버텼나 싶더라고. 그냥 나오면 되는 건데. 진짜 아무것도 아닌 건데."

갇혀 있다는 느낌에서 벗어나기 힘든 공간들이 있다. 예를 들면 학교, 군대, 회사, 가족, 오랜 친구들이 있는 그룹 등이다. 블랙홀 같은 공간 안에 나와 생각이 다른 사람들로만 구성되어 있을 때는 숨이 잘 안 쉬어지기까지 한다. 제3자는 "그렇게 힘들면 나오면 되지", "안 하면 되지", "연 끊으면 되지"라고 쉽게 말하지만 블랙홀 안에 갇혀 있으면 유연한 생각을 가지기가 어렵다. 이미 나는 문제아로 찍혀 있기 때문에 내 생각, 내 행동, 내 결정, 더 나아가서는 내 존재까지 틀린 것처럼 느껴지기 때문이다.

지금 블랙홀에 갇혀 있는 사람들이 좌절하지 않았으면 좋겠다. 불쾌한 이 공간이 전부가 아니다. 인생의 한 챕터일 뿐, 페이지를 다 넘기고 나면 새로운 챕터가 기다리고 있다. 희망이 없다, 상황을 바꿀 수 없다, 노력이 의미가 없다고 생각하지 말자. 그 챕터 안에서의 '나'는 한없이 무력하지만 바깥의 '나'는 달라질 수 있다. 자아를 조각내어 분리하는 연습을 해야 한다.

학교 안에서의 생활이 힘들다면 대외 활동으로, 회사 안에서의 생활이 힘들다면 사이드 프로젝트로, 가족이나 친구와의 생활이 힘들다면 취미 클래스 등으로 나의 세계를 확장하자. 조금이라도 숨구멍을 만들어 준다면 지푸라기라도 잡는 심정으로 버틸 수 있게 된다.

블랙홀 안의 내가 전부가 아니라는 걸 명심해야 한다. 그저 '이런 나'도 있고 '저런 나'도 있는 것뿐이다. '이런 나'가 마음에 안 들면 '저런 나'를 찾아 떠나면 된다. '저런 나'를 좋아해 주고 함께할 사람들이 있음을 명심하자.

29

받아들이는 건
나의 몫이다

" 너 때문에 사람 하나 죽어 나가야
그만할 거야? "

'이런 우울한 글은 왜 쓰는 거야? 이런 글 쓸 거면 차라리 죽어. 너 때문에 사람 하나 죽어 나가야 그만할 거야?'

기억력이 그다지 좋지 못한 내가 아직도 기억하는 악플이다. 처음에 그 댓글을 읽었을 땐 좀 화가 났었다. 그의 심리가 이해되지 않았기 때문이다. '마음에 안 들면 그냥 지나가지 왜 굳이 댓글을 남기는 거지?' 하며 부글부글 끓어올랐다.

심호흡을 하고 내 감정과 거리를 두고 객관적으로 보려고 노력했다. "너 때문에 사람 하나 죽어 나가야 그만할 거야?"라는 문장에서 분노의 감성을 빼고 이성만 남겨서 해석했더니, 그 사람은 나에게 "너는 영향력이 큰 사람이야"라고 신호를 보내고 있었다. 이때까지 나는 단지 좋아서 가벼운 마음으로 글을 썼는데 그러면 안 된다는 가르침을 주고 있었다. 그 사람이 그런 댓글을 달기 전까지 나는 내 글의 영향력을 체감하지 못했었다. 몇십만 명이 읽어 주는 글이긴 했지만 채널 특성이 가볍게 소비되는 SNS에 쓴 것이었고, 직업으로 출발한 게 아니었기에 지금만큼 진지하지 못했던 것 같다. 그 사람의 무례한 악플이 나에겐 따끔한 충고가 되었고, 지금의 내가 한 글자 한 글자 무게감을 담아 쓰는 기준이 되었다.

그 사람이 남겨 준 댓글이 신조를 만들어 주었다. '내 글 때문에 사람 하나가 죽어 나갈 수 있는 거라면 반대로 내 글 덕분에 사람 하나를 살릴 수 있는 거 아닐까?'라는 생각에 다다른 뒤부터 마음이 어려운 사람들을 위한 글을 쓰자는 결심이 섰다. 매번 우울하고 슬픈 글만 썼는데, 그 후로는 시련을 극복한 일화, 긍정적으로 생각을 전환시킬 수 있는 조언 등을 글에 담기 시작했다. 주제를 변화시킨 후 "이 글 덕분에 살아갈 힘을 얻었어요. 고마워요, 작가님", "이 글을 읽고 생각을 바꿔 보기로 했어요. 다시 도전해 보려고요"와 같은 미소 짓게 만드는 후기들로 채워졌다. 내 자신이 이런 글을 쓰는 사람이라니. 뿌듯하고 보람찼다.

심리학자 앨버트 엘리스 Albert Ellis 는 우리의 정서는 스스로가 어떻게 평가하고 해석하느냐에 따라 달라진다고 말한다. 그가 개발한 'ABC 모델'을 통해서 설명할 수 있다. 이때 A는 촉발사건 Activating events, B는 신념 Beliefs, C는 결과 Consequences 이다.

예를 들어, 친구들이 보는 앞에서 발표를 하다가 실수를 한 상황A이라고 가정해 보자. 이때 당신의 신념B을 바탕으로 이 상황을 해석하고 평가한다. 만약 당신이 토씨 하나 틀리는 것을 싫어하는 완벽주의자적인 신념을 가지고 있다면 이 상황을 완전히 망쳐 버렸다고 판단을 내릴 것이다. 그리고 발표가 끝나면 속상해하고 스스로에게 화를 내는 결과C가 나올 것이다.

그런데 똑같은 상황에서 신념만 바뀌었다고 가정해 보자. 당신은 어떤 상황이든 재치 있게 넘어가면 된다는 신념을 갖고 있다. 그런 당신이라면 발표를 하다가 실수를 했어도 당황하지 않으며 마음을 다잡고 발표를 이어 갈 것이다. 발표가 끝나면 이번에도 무사히 마무리했다며 스스로를 칭찬해 주는 결과가 나올 것이다. 즉, 사람은 어떠한 상황 때문에 스트레스를 받는 게 아니라 상황을 어떻게 해석하느냐에 따라 스트레스를 받을 수도 있고 안 받을 수도 있다는 것이다.

그 사람이 나에게 쓴 악플은 정당화될 수 없다. "작가님의 영향력이 작지 않은 편이니 글을 쓸 때 조금 더 신중하게 써 주세요"라고 건강하게 비판했어야 한다. 하지만 각양각색의 성격이 존재하는 세상이다 보니 매너 없는 사람도 주위에 있을 수밖에 없다. 그 사람이 뒤에서 쏘는 화살까지 막을 방법은 없다. 그러나 상황을 어떻게 받아들이고 해석하느냐에 따라서 그 화살은 쇠 화살촉이 붙은 화살이 될 수도 있고 고무 흡착판이 붙은 장난감 화살이 될 수도 있다는 걸 알게 되었다. 타인이 나에 대한 평가를 내릴 수 있지만, 그 평가를 어떻게 받아들일지는 내가 결정하는 거니까. 살다 보면 스트레스를 유발하는 갖가지 상황에 놓인다. 그것은 내부로부터일 수도 있고 외부로부터일 수도 있다. 우리는 "스트레스 받는 일이 생기니까 스트레스를 받지!"라고 말하지만 사실은 내가 스트레스를 받기로 선택을 했기 때문에 스트레스를 받는 것이다. 모든 것은 받아들이기 나름이다.

여기 선택지가 2개 있다. 1번 선택지는 "왜 나한테만 이런 일이 생기는 거야? 됐어. 치사해. 안 해"이고, 2번 선택지는 "쉽게 가면 재미없지! 다시 해 보자. 이제 시작인걸?"이다. 어떤 것을 고르든 잘못된 선택은 없겠지만, 그럼에도 나는 당신이 2번을 선택했으면 좋겠다. 원대한 당신의 삶과 비교하자면 지금 겪고 있는 어려움은 지나가는 점일 뿐이다. 그런 일로 당신이 꺾이지 않았으면 하니까.

30

나는 언제나
선택하는 사람으로 살고 싶다

" 왜 이렇게 이거 했다 저거 했다 하는 거야? "

주변 사람들의 눈에 나는 어디 한곳에 정착하지 못하는 사람이었다. 선생님이 되고 싶다더니 갑자기 디자이너 길을 걷는다 그러고, 디자이너가 된다고 하더니 갑자기 개발자가 된다고 그랬다. 프로그래밍에 관심 가지다가 갑자기 때려치우고 공무원 준비를 한다고 하지를 않나, 필기시험 볼 거라고 인터넷 강의까지 열심히 듣다가 갑자기 UX^{User experience, 사용자 경험} 기획을 해 보겠다고 하지를 않나. 그러다 마케터가 되고 싶다며 온갖 공모전에 나가더니 종착지에서는 콘텐츠 제작자가 되어 있었다. 콘텐츠 회사에 들어가서도 가만히 있지를 못해서 여기저기 쑤시고 다녔다. 감성 콘텐츠 에디터로 스카우트된 거라 메인 업무는 감성 글을 쓰는 것이었지만, 주된 일을 하고 남은 시간에는 유머 콘텐츠, 뉴스 콘텐츠, 연애 웹툰 콘텐츠, 데이트 코스 소개 콘텐츠 등 다양하게 건드려 보았다.

그러다 좋은 기회로 출간을 하게 되어 에세이 작가가 되었는데 작가가 되어서도 붙박이가 되지 못한 건 마찬가지였다. 에세이 책을 내는 것만으로는 2% 부족한 것 같아서 소설을 써 봤다가 작사도 해 봤다가 동화책도 그려 봤다가 웹소설도 끄적여 봤다. 그러다 글만 쓰는 건 왠지 한계가 있는 것 같아서 웹툰도 제작해 봤다가 남들 다 한다는 유튜브 영상도 만들어 봤다.

남들 눈에 나는 흔들리고 방황하는 사람이었다. 한 우물을 파야 포트폴리오에 도움된다며 빨리 마음잡으라는 소리를 가장 많이 들었던 것 같다. 회사를 그만두고 전업 작가가 되려고 하니 글 쓰는 건 돈이 안 된다며 취미로만 하라고 했다. 책을 낼 때도 기존에 잘하던 거 그대로 내라며 새로운 거 하다가는 망한다고 했다. 주위 사람들은 왜 한 가지를 선택해서 진득하게 하지 않냐며 다그치기 바빴다. 그 나이쯤 되면 한곳에서 정착하는 거라며 이거 했다 저거 했다 하는 나를 만류했다. 때로는 철없이 군다는 시선을 받기도 하고, 한심하다는 눈빛을 받기도 했다. "왜 이렇게 유별나니? 만날 때마다 뭐가 항상 바뀌어 있어"라는 친척 어른의 질문에 뭐라고 답해야 될지 아직도 잘 모르겠다. 진득하게 한길만 가야 하는 걸까? 한 우물만 파는 사람은 앞서가는 사람이고, 이쪽저쪽 구덩이를 파는 사람은 뒤처지는 사람일까?

사람이 어떠한 행동을 할 때는 내재적 동기와 외재적 동기가 있다고 한다. 내재적 동기란 어떠한 행동을 할 때 그 동기가 칭찬,

성적, 보상, 강제성 등 외부에 있는 것이 아니라 행동 그 자체로 인해 느끼게 되는 즐거움을 의미한다. 특정한 외부 요인 때문이 아니라 스스로 흥미를 느끼고 자발적으로 하는 것이다. 내재적 동기는 외부의 요인과는 상관없이 자신의 선택으로 지속하는 것이기에 성취감과 만족감이 크다고 한다. 예를 들어, 공부를 할 때 혼나기 싫은 마음에 단순히 외워서 문제를 푸는 것보다 지식을 얻는데 재미를 느껴서 누가 시키지 않아도 책상 앞에서 공부를 하면, 설령 문제를 틀리더라도 높은 성취감을 얻는다는 것이다. 내가 하고 싶은 것에 집중했을 때는 밥 먹는 시간도 까먹고 잠자는 시간도 아깝게 느껴질 정도로 몰입하니 말이다.

　작은 경험 하나하나가 나중에는 큰 바다를 이룬다. 지금은 아주 가느다란 물줄기지만 계곡 줄기를 타고 내려가면 강을 만나고, 강줄기를 타고 내려가면 바다가 된다. 눈에 띄는 수익이나 성과를 완벽하게 내지 못하고 어영부영 마무리된다 하더라도 마음속에 작은 불씨를 품고 도전해 보려 했던 나를 칭찬해 주고 싶다. 비록 이력서에 한 줄 넣지도 못할 만큼 비루한 결과일지라도 용기 냈던 나 자신이 사라지는 건 아니니까. 헤매거나 갈팡질팡하거나 쩔쩔매는 게 아니다. 그저 나를 가두고 싶지 않을 뿐이다. 이것도 해 보고 저것도 해 보며 인연을 넓히는 것이다. 지금 하고 있는 일이 잘 맞아도 그보다 더 찰떡인 일이 있을 수도 있지 않은가. 경험해 보지 않으면 죽을 때까지 모르는 일인데 지금이 종착역일지 아닐지는 누구도 섣불리 판단할 수 없는 법이다.

겉으로 보기에는 이거 했다 저거 했다 하면서 끈기가 없어 보이지만 사실은 자아실현을 위해 그 누구보다 끈기를 가지고 임하고 있다. 물론 여러 시도를 하면서 아쉬운 선택도 있었고 조금 무리했던 선택도 있었지만 그것 또한 나를 이루고 있는 요소 중 하나였다. 부모님의 못다 이룬 꿈을 대신 이루어 드리는 것, 다른 사람이 닦아 놓은 안정적인 길을 가는 것, 내 욕구와는 상관없이 남들이 부러워할 만한 것만 좇는 것. 그런 건 나와는 어울리지 않았다.

겉에서 맴도는 불씨는 아무리 좋은 불쏘시개를 넣어도 작은 바람에 금방 꺼져 버린다. 하지만 내 마음 깊은 곳에서 갈망하는 불씨는 그 어떤 상황에서도 꺼지지 않고 자기만의 온기를 가진다. 경험 또한 자산이다. 나는 그저 경험을 사는 중이다. 좋은 회사, 높은 연봉, 안정적인 노후 생활도 좋지만 자기실현 없이 남이 차려 놓은 밥상에 숟가락만 얹는 건 내키지 않는다. 마흔이 넘어도 쉰, 예순이 되어도 나는 언제나 선택하는 사람으로 살고 싶다.

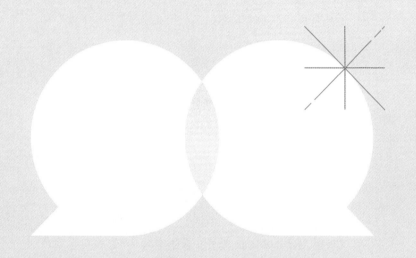

이쪽저쪽 파는 나는 뒤처지는 사람일까?

아쉬운 선택도, 조금 무리한 선택도 있었지만

마음에 불씨를 품고 도전하는 나를 칭찬해 주고 싶다.

나이가 들어도 나는 언제나 선택하는 사람으로 살고 싶다.

마음가짐.

흔들리지 않도록
단단하게 붙잡아 주는 말

31

봄이 와도
봄이 온 줄 모른다면

"바다? 지금 네가 있는 곳이 바다란다."

책을 내는 게 두려워서 몇 개월째 원고 기획만 하던 시기가 있었다. 예전에는 원고 쓰는 게 재밌어서 빨리빨리 계약하고 일정을 진행했는데, 다 함께 고심했던 책이 세상 밖으로 나오면 되돌리고 싶어도 되돌릴 수 없고 리스크를 회복하는 데 오래 걸린다는 걸 느낀 후로 생각이 많아졌다. 그 수익으로 몇 개월 또는 몇 년을 먹고살아야 할지도 모르는데 작은 책 한 권에 내 생계가 달려 있으니 한 글자 한 글자에 책임감이 뚝뚝 묻어났다.

대단한 수저를 물고 태어난 것도 아니고 뛰어난 머리를 갖고 있는 것도 아니라, 그저 평범하게 회사를 다니며 살아가지 않을까 생각했었다. 장사나 사업 쪽으로 밝은 편도 아닌 데다가 걱정도 많고 겁도 많아서 내 이름을 걸고 하는 직업은 감히 상상조차 하지 않았다. 그런데 어쩌다 접어든 작가의 길에서 진한 행복을 마셔 버렸고 이 행복을 놓치고 싶지 않은 마음에 어떻게 해서라도 성공하고 싶다는 욕심이 생겨났다. 어떻게 하면 만족할 수 있을까. 어떻게 하면 행복할 수 있을까. 어떻게 하면 성공할 수 있을까. 첫 단추를 잘못 꿰면 나의 몇 년이 날아간다 생각하니 질문만 날리고 대답은 하지 못했다. 초반에 콘셉트를 기획하고 전반적인 목차를 구성하는 것에 너무나도 큰 무게가 실렸다.

영화 〈소울 Soul〉에는 재즈 뮤지션이 되는 것이 유일한 꿈인 조 가드너가 등장한다. 평범한 음악 선생님으로 살아가던 그에게 유명한 재즈 뮤지션인 도로시 윌리엄스의 밴드에 들어갈 오디션 기회가 우연히 주어진다. 도로시는 조의 연주를 마음에 들어 했고 자신의 밴드에 들어오게 해 준다. 온갖 고난과 역경 끝에 재즈 클럽에서 연주를 끝마친 조는 공연장에서 희열을 느끼고 기분 좋게 퇴근을 하면서 도로시와 이야기를 나눈다. 도로시는 오늘 공연이 아주 훌륭했다며 기뻐했다. 오랜 목표를 이뤄 낸 조는 지금부터 펼쳐질 자신의 새 인생을 소망하며 도로시에게 물었다.

"다음에는 무슨 일이 일어날까요?"

그러자 도로시는 태연한 얼굴로 대답한다.

"내일 여기 다시 와서 오늘 했던 걸 반복하는 거지."

조는 당황스러운 표정을 짓는다. 분명 거창한 꿈이었는데 막상 이루고 나니 별것 없다는 생각에 실망했던 것일까? 마치 취업 전에는 합격만 시켜 주면 이 회사에 뼈를 묻겠다고 다짐하지만 막상 취직을 하게 되면 출근길을 고통스러워하는 우리의 표정과 같왔다. 어깨를 축 늘어뜨린 채 서 있는 조의 모습을 본 도로시가 이런 말을 해 준다.

"내가 예전에 들었던 물고기 이야기를 들려줄게. 어린 물고기가 어른 물고기에게 헤엄쳐 가서 말했어. 저는 '바다'라고 불리는 멋진 곳을 찾고 있어요. 어른 물고기가 말했지. 바다? 지금 네가 있는 곳이 바다란다. 어린 물고기가 외쳤어. 여기요? 여긴 그냥 물이잖아요. 제가 원하는 건 바다라고요!"

조 가드너와 어린 물고기의 모습에 내 모습이 겹쳐졌다. 낙원을 꿈꾸며 이곳저곳 찾아 헤매고 다녔는데 알고 보니 내가 서 있는 곳이 낙원 그 자체였다. 이미 낙원에 머무르고 있으면서 계속 낙원을 목말라했으니 갈증이 날 수밖에. 내 글을 읽어 주는 사람이 있다는 것만으로 행복해하던 나는 어디 가고 자꾸 탐욕을 커다랗게 쌓았다. 누군가는 컴퓨터 앞에 앉아 키보드를 두드리며 원고를 쓰고 있는 내 모습을 갈망하고 있을 텐데, 글을 읽어만 주면 감사할 것 같다는 순수함은 어디 간 것일까. 잘되고 싶다는 조미료를 넣은 탓에 맑았던 눈동자를 잃어 가고 있었다. 글을 쓰는 게 매일 똑같이 반복되는 일상이다 보니 소중함을 잊었던 것이다.

반짝반짝하던 나 자신을 소홀히 했다는 것에 부끄러워졌다.

내가 손대는 것 모두 대박을 칠 수 없는 것이 당연한 일인데, 나는 그 당연한 이치를 두고 주저했었다. 넘어지지는 않을까, 실패하지는 않을까. 힘차게 내딛기보다는 뒤로 물러서서 안전한 집 안에 머무르기만 했었다. 꿈이라는 건 마음속으로 꿀 때는 행복해도 그 꿈을 이루기 위해 행동할 땐 다칠 수밖에 없는데, 나는 다치기 싫어서 문을 걸어 잠그고 있었다.

내가 헤엄치고 있는 곳이 바다이다. '이것만 되면 행복해지겠지', '저것만 되면 잘 살 수 있겠지'. 어떠한 목적을 달성해야만 바다로 나아갈 수 있는 게 아니라 이미 바다 한복판에 있다. 걱정하고 고민하고 울고 화내도 그 자체가 삶이기에 아름답다. 잘해 내지 못해도, 엉성하고 어설퍼도, 내 뜻대로 흘러가지 않아도 매 순간이 소중하다. 이 지구에 단 하나뿐인 생명이 만들어 내는 산물이니까. 그러니 너무 먼 미래만 보고 달려가거나 행복에 조건을 달지 말고 눈앞에 보이는 것들을 사랑하자. 봄이 와도 봄이 온 줄 모른다면 무슨 의미가 있겠는가. 우리가 그토록 바라던 낙원은 바로 지금, 여기이다.

32

내 안에
어린아이가 살고 있다

" 이렇게까지 반응할 일이 아닌데,
대체 내가 왜 이러지? "

요즘에는 노력을 인정해 주고, 결과보다는 과정을 중요시하고, 해 보다가 안 되면 다른 길도 있다는 걸 존중해 주는 사회 분위기로 흘러가고 있지만 나의 유년 시절에는 그러지 못했다. "그 정도면 잘했어. 충분해"라는 말을 듣기가 어려웠다. 상장을 10개 받아 오면 "이제 더 안 받아도 돼"가 아니라 "몇 달 더 남았으니까 5개만 더 받아 보자"였고, 전 과목 평균 93점을 받아 오면 "평균이 90점 넘는 거면 골고루 다 잘했다는 거네!"가 아니라 "다음에는 95점까지 끌어올려 보자"였다. 그래서 청소년기에 만족하는 법을 배우지 못했다. 그렇게 자라서 회사에 들어갔을 땐 회사가 시키지 않았는데도 뭐라도 더 해야 될 것 같아서 야근을 일삼았고, 퇴근하고 나서도 무언가 아쉬운 마음에 컴퓨터를 켜서 집에서도 일했다. 당직도 아니고 따로 수당을 주는 것도 아닌데 주말에 출근하기도 했다. 이대로 만족해 버리면 나태한 사람으로 비칠까 봐 두려웠다.

회사에서 내가 맡은 업무는 에디터 콘셉트에 맞는 콘텐츠를

제작하고, 내용과 어울리는 제목을 짓고, 섬네일 Thumbnail, 미리보기 이미지
사진을 찾아 최종 업로드하는 것이었다. '내 할 일만 잘하면 되지'
라는 마음으로 회사 생활에 임해서 나날이 변화하는 시스템에 불
만을 가지지 않고 지내 왔는데, 도화선이 된 사건이 있었다. 점심
시간에 밥을 먹고 사무실에 들어왔는데 이미 최종으로 확정된 내
콘텐츠의 제목과 섬네일 사진이 바뀌어 있는 것이었다.

　　최종 콘텐츠라도 리뷰 팀에서 수정 요청이 오는 경우가 가끔
있었지만 그럴 때는 에디터와 상의 후에 에디터가 직접 교체하
는 것이 관례였다. 그런데 아무런 귀띔 없이 내 콘텐츠가 수정되
어 있었던 것이다. 어떻게 된 일인지 바로 리뷰 팀에 문의를 넣었
는데 자신들은 수정하지 않았다는 답장이 왔다. "그럼 누가 바꾼
거지? 바꿀 사람이 없는데……"라며 혼잣말을 중얼거리고 있었는
데, 옆에 앉은 팀원이 "그거 리더가 바꾼 걸로 알아요"라며 실마리
를 풀어 줬다. "저는 바꾸겠다는 메시지를 못 받았는데요?"라고 되
물으니 "앞으로 리더가 알아서 바꿀 건가 봐요"라며 상황을 알려
줬다.

　　'하, 이건 진짜 아닌 것 같다.' 스타트업이라 회사가 만들어진
지 오래되지 않았고, 초창기 멤버는 아니지만 나도 나름 일찍 들

어온 멤버 중 하나였다. 그랬기에 회사에 대한 무한한 애정을 가지고 있었고, 마치 내 자식처럼 콘텐츠 하나하나를 귀하게 여겼다. 양질의 콘텐츠로 만들기 위해 고심했던 것들을 아무런 상의도 없이 바꿔 버린 것은 마치 나를 무시하는 것처럼 느껴졌다. 변경된 내용에 문제가 생기면 외부적으로 내 실수처럼 보일 텐데, 그에 대한 책임은 아무도 안 져 줄 거면서 나몰라라식의 태도에 화가 나 눈물까지 났다. 건물 비상계단에서 눈물을 훔치며 1시간 정도 혼자 생각할 시간을 가진 뒤, 격양된 감정을 추스르고 리더에게 면담 요청을 했다.

"콘텐츠를 수정하실 때는 꼭 에디터와 상의를 해 주셔야 한다고 생각해요. 제 이름 걸고 내보내는 건데, 만약 콘텐츠에 문제가 생기면 욕먹는 건 결국 저잖아요. 리뷰 팀조차도 에디터와 의견이 다를 땐 논의를 해요. 이거는 왜 바꿔야 하는지, 저거는 왜 어울리지 않는지 서로를 설득하고요. 그렇게 치열하게 결정된 최종 콘텐츠를 아무런 단계 없이 변경하시면 에디터를 무시하는 거예요."

리더는 나의 이의 제기가 정당하다며 수긍해 줬고 앞으로 에디터와 상의 없이 변경하는 일은 없을 거라고 공식 발표했다.

한차례 큰 물살이 지난 지 일주일이 흘렀을 때쯤, 아무도 뭐라고 하지 않았는데 나 스스로가 뻘쭘해졌다. 기분 나쁠 수 있는 일이긴 한데, 혼자서 청승맞게 울 일이었을까. 다시 생각해 봐도 울 일까지는 아니었고 리더에게 정색하면서까지 말할 일도 아니었는데, 나는 왜 그렇게 선을 넘었을까. 그 답은 육아 멘토이자 정신건강의학과 의사인 오은영 박사님에게서 찾을 수 있었다.

한 육아 프로그램에서 열네 살 아들과 엄마의 갈등 장면을 보여 줬다. 엄마가 밥이 다 되어 가니 얼른 나오라고 말하는데 아이는 듣는 둥 마는 둥 핸드폰만 보고 있었다. 그 모습에 화가 난 엄마는 방으로 달려가 어른 대하듯이 아이를 냉정하게 꾸짖었다. 엄마가 "밥 먹자!"라고 말했을 때 하던 일을 멈추고 곧바로 식탁에 앉는 아이는 많지 않다. 아이의 행동이 큰 문제가 아닌데 엄마는 왜 그렇게 화를 냈을까? 오은영 박사는 그 이유를 엄마의 언어 습관에서 찾아냈다. 엄마는 평소에 '무시'라는 단어를 많이 쓰는 것으로 미루어 보아 '인정'이 굉장히 중요한 사람인데, 아들의 뭉그적거리는 행동이 자신을 무시하는 것처럼 느껴졌을 거라고 했다. 뒤이어 오은영 박사는 "엄마 안에는 중학교 1학년 여자아이가 있는 것 같아요"라고 말했다. 엄마가 어렸을 때의 가정 환경을 깊게 들여다봤더니 부모님께 인정받지 못하며 자라서 '인정'이라는 것이 결핍되어 있었다. 그녀는 청소년에서 성인이 되고, 배우자를 만나 결혼을 하고, 한 아이의 엄마가 되었지만 여전히 '인정의 결핍'이라는 구멍이 해결되지 않은 상태였다. 그래서 일상생활에서 그 구멍이 건드려지면 아무도 자신을 무시하지 않았는데 저 사람이 자신을 무시했다고 느끼며 욱했던 것이다.

내 안에도 비슷한 어린아이가 살고 있었다. 부끄러운 척 고개를 돌렸지만 그래도 잘했다며 칭찬받고 싶었고, 내 만족으로 하는 일이지만 그래도 누군가가 알아줬으면 했고, 그럼에도 더 신경 쓸 거지만 이 정도면 충분하다는 말로 인정받고 싶었다. 첫사랑과 연애에 성공해서 결혼했으면 다 큰 아이가 있을 법한 나이인데, 그런 내 안에 아직 다 자라지 못한 아이가 혼자 울고 있었던 것이다.

서른 살이든 마흔 살이든 쉰 살이든 나이와는 상관없이 누구나 마음속에 어린아이가 살고 있다. 어렸을 때 해소가 된 부분들은 한 살, 한 살 나이를 먹어서 지금 자신의 나이와 같지만 그때 갖지 못하거나 잃어버려서 결핍을 느낀 부분은 아직도 그때 그 어린 나이에 머물러 있다. 그리고 결핍된 부분과 유사한 상황이 나타났을 때 평소의 나와는 달리 조금 더 과하게 반응한다. 그 순간의 나는 성인이 아닌 어린아이이기 때문에.

'이렇게까지 반응할 일이 아닌데 왜 이렇게 반응했지?'라는 생각이 들 때면 내 마음에 어떤 어린아이가 살고 있는지 되돌아봐야 한다. 번듯한 직장이 있다고 해서, 나이가 찼다고 해서, 내가 부모가 되었다고 해서 조그맣던 어린아이가 훌쩍 자라지 않는다. 아마 그 아이는 '번듯한 직장을 가졌으니, 나이가 찼으니, 부모가 되었으니'와 같은 이유로 욕구를 외면당하고 있었을 것이다. 아픈 손가락이다 보니 들여다보는 것 자체가 두려웠을 테니까. 하지만 그 어린아이를 보살펴 주지 않으면 세월이 아무리 지나도 울컥 올라오기 마련이다.

마음이 저릿할 정도로 통증이 느껴지더라도 그 아이와 제대로 마주해야 한다. 나는 내 안의 어린아이를 성장시키기 위해 조금은 능구렁이가 되기로 했다. 모든 사람에게 그러지는 못하겠지만 적어도 나와 가까운 사람에게는 "나 열심히 했으니까 칭찬해 줘!"라며 머리를 쓰다듬어 달라고 하고, 하루하루 내가 얼마나 열심히 사는지 SNS에 공유하며 "너 진짜 열심히 사는구나!"라는 댓글도 유도해 보기로 했다. 엎드려 절받기일지라도 내 안의 아이가 한 뼘이라도 자라려면 용기를 내야 하니까.

33

인간은 누구나
불안을 먹고 산다

" 위치가 불안을 만드는 건 아니라고 생각해. "

어디 한군데에 정착해서 삶이 안정되길 바라면서도 일상이 매일 똑같으면 지루해하는 모순된 마음. 그러다 인생이 스펙터클해지면 왜 나에게 이런 시련을 주냐며 신을 탓하고, 제발 내일은 아무 일도 일어나지 않기를 바라며 잠든다. 이러한 인간의 얄팍한 심리를 보면 불안은 인간의 기본 옵션인가 싶다. 새로운 것을 재밌어하는 마음도 다음 상황을 예측할 수 없는 불안이 흥미로 치환되어서이고, 소소한 하루를 감사해하는 마음도 미친 듯이 흔들리는 불안정한 하루 때문에 배울 수 있는 교훈인 셈이다.

"인생 왜 이렇게 어렵냐. 내가 너무 어려운 직업을 선택한 건가. 미치도록 불안하다."

새벽 감성으로 SNS에 글을 올렸다. '내가 하고 싶은 거 하면서 살래!'라며 패기 있게 선언하던 그 시절의 나는 어디 가고 사시나무 한 그루가 되어 덜덜덜 떨고만 있는 게 한심했다. 술이 깰 때쯤 이성이 돌아왔는지 아까 올린 글이 감성 과잉인 것만 같아 지우려고 핸드폰을 열었는데 이런, 15분 전에 온 디엠Direct message이 미리

보기 창에 떠 있었다. '하, 조금만 더 일찍 지울걸.' 이미 온 메시지에 답장을 안 할 수는 없기에 이를 악물고 메시지를 열었다. 나와 비슷한 시기에 프리랜서로 전향한 SNS 친구의 위로였다.

"프리랜서이기 때문에 불안한 건 아닌 것 같아! 직장인도, 장사하는 사람도, 공무원도, 수험생도, 백수도 불안해. 직장인은 내일 미팅은 잘할 수 있을지, 승진할 수 있을지, 더 좋은 회사로 이직은 할 수 있을지 이런 걱정을 하고. 장사하는 사람은 내일 손님은 많이 올지, 무슨 사고가 일어나지는 않을지, 대출은 갚을 수 있을지 이런 걱정을 하고. 공무원은 내일 진상 민원인이 오지는 않을지, 나이 차이 많이 나는 팀장과 어떻게 어울릴지, 민원 처리하다가 실수하지는 않을지 걱정을 하고 그래. 프리랜서라는 위치가 불안한 게 아니라 원래 인간은 불안을 먹고 살아. 그러니 네 선택을 끝까지 믿어 줘!"

드라마 〈사랑의 불시착〉의 주인공이자 재벌가 상속녀 윤세리는 후계자 승계를 논하는 중요한 주주총회를 앞두고 패러글라이딩을 하러 산 정상에 올랐다. 함께 간 회사 부하 직원이 바람이 세게 부는 것을 걱정하며 다음으로 미루기를 권했지만, 세리는 말끔하게 웃으며 그를 안심시켰다.

"바람이 왜 부는 거 같아요? 지나가려고 부는 거예요. 머물려고 부는 게 아니고. 저게 저렇게 지나가야 내가 날아갈 수 있는 거고."

열심히 했는데 좋은 결과로 보답해 주지 않을 때 내 인생에게 서운했었다. '이 정도 했으면 좀 들어주지' 하며 떼를 썼고, 아무리 말해도 들은 척도 안 하자 내 인생이 내 편이 아닌 것 같아서 불안했었다. 그런데 돌이켜 보면 인생이 쉬웠던 적이 없었는데 속상해하는 것 자체가 오만이고, 쉽기를 바라는 것 자체가 욕심이라는 생각이 들었다. 각자의 고민을 안고 열심히 살면서 불안을 헤쳐 나가고 있을 텐데, 나만 쉽게 풀리기를 바라는 거니까. 사연 없는 사람은 없을 텐데 나만 절절한 사연이 있는 인물로 대했다. 지하철에서 손잡이를 오래 잡고 있었다고 해서 내 앞에 바로 자리가 나는 것도 아니고, 내 다리가 아프다고 해서 자리가 눈치껏 나는 것도 아닌데 말이다.

'불안'이라는 바람이 불어오는 건 나를 넘어뜨리기 위함이 아니라 그 방향을 타고 훨훨 날아오르라고 보내는 신호이다. 불안하다는 건 삶을 헤쳐 나가기 위해 누구보다 고민하고 있다는 의미니까. 왼쪽으로 갈지 오른쪽으로 갈지 고민의 기로 끝에 서 있을 때는 어느 쪽이든 자신감 있게 도움닫기로 한 발짝 뛰어야 바람을 타고 비상할 수 있다. 두려움에 휩싸여 이 악물고 땅에 붙어 있기만 한다면 강풍에 못 이겨 중심을 잃고 만다.

이제부터는 불안이 내게 찾아오면 그에 맞서서 버티는 게 아니라 불안을 발판의 힘으로 삼아 더 높게 날아가기로 했다. 작지만 제 역할은 톡톡히 해내는 날개를 품고 있으니까.

34

완전한 장점도
완전한 단점도 없다

> " 단점을 억제하지 말고
> 네가 좋아하는 일로 승화시키면 되겠네. "

나는 감정 소모가 심한 게 단점 중 하나이다. 친구가 나랑 있을 때 조금이라도 싸한 반응을 보이면 며칠 동안 찝찝해하고, 애인과 다툰 날에는 완벽하게 화해할 때까지 해야 될 일에 집중을 못 한다. 조그마한 실수에도 손가락질받는 기분이 들어서 쥐구멍을 찾고, 분위기에 휩쓸려 약간 오버하다 나답지 않은 행동을 했을 때 이불 킥을 해 댄다. 누구나 불편해할 상황이긴 하지만 내 경우는 그게 몇 년이 지난 일인데도 생생하게 이입한다는 게 문제였다. 매체를 접하는 것도 남다르다. 드라마 속 주인공이 헤어지면 내가 이별했을 때보다 더 가슴 아파하고, 영화가 새드 엔딩으로 끝나면 그 여운에서 빠져나오지를 못한다. 심지어 노래 가사 한 줄에도 마음이 찡해져서 온갖 서사를 써낼 정도이다.

'이게 무슨 단점이야?'라고 가볍게 바라보는 사람도 있겠지만 당사자의 입장은 좀 다르다. 감정 소모가 심하니까 정신 차릴 때까지 생으로 날리는 시간이 많고, 위장병이나 두통 그리고 불면증이 하나씩 돌아가면서 옵션으로 탑재된다. 그리고 감정이 소모되어 밑바닥이 보일 땐 사소한 것에도 예민해지고 기분도 들쑥날쑥

해져서 내 기분인데도 내가 비위를 못 맞춰 주겠는 지경까지 간다. 그걸 알기에 주변 사람에게 불똥이 튀지 않도록 가면을 쓴 채 말과 표정을 관리해야 하고, 업무적으로 민폐를 끼치지 않도록 밤을 꼴딱 새워야 한다. 이렇게 꾸역꾸역 억누를 때면 스스로를 원망하게 된다. 왜 나는 이토록 모나서 평범하게 가지 못하는 걸까. 홀홀 털면 좀 좋으련만, 나는 그게 왜 안 될까? 그러면 또 못난 나에 대한 고찰을 하느라 감정을 양껏 소모하고, 그러다 몸 상하고, 아프니까 예민해지고. 악순환의 반복이다.

친구들 사이에서 연애 상담을 잘해 주는 편에 속해서 친구들이 애인과 다툰 뒤에는 대부분 나에게 문자를 보냈다. 그때마다 열 일 제쳐 두고 정성을 다해 답장을 했다. 문제를 풀어 주고 화해로 이끌어 주고 재회를 돕기도 했다. 그런데 언제부턴가 내가 예전만큼 상담을 깊게 해 주지 않는다는 걸 가장 먼저 눈치챈 친구가 농담 반 진담 반으로 불만을 표했다.

"무료 상담소는 이제 파업하기로 한 거야? 밥이라도 한 끼 사 줘야 하는 건가?"

나는 그런 거 아니라고 웃으며 오해를 풀어 줬다.

"내가 너무 남의 연애에 감정 이입을 깊게 하는 것 같아서. 나도 감정 소모가 장난 아니더라고. 그게 일에 방해되니까 자제하는 중이야."

그러자 친구는 번뜩이는 아이디어가 생겼다며 전수해 줬다.

"너 사연 읽어 주는 거. 지금 감성적인 글로만 하잖아. 새로운 포맷을 도입해 보는 건 어때? 텍스트로 연애 상담해 주는 것처럼! 네가 공감도 잘하고 감정 이입도 잘하니까 사연은 잘 풀어낼 거 아냐. 단점을 억제하지 말고 네가 좋아하는 일로 승화시키면 되 겠네."

그렇게 해서 탄생된 것이 채널에 올라오고 있는 '융라디오'이 며, 내가 올리는 콘텐츠 중에 댓글 반응이 가장 뜨거운 포맷이자 신규 구독자 유입을 많이 불러일으키는 효자 아이템이다.

영화 〈어벤져스 Avengers〉 시리즈에 등장하는 헐크라는 인물이 있다. 평소에는 지적이고 교양 있는 브루스 배너 박사지만 화가 나면 이성을 잃어버린 괴력의 녹색 거인 헐크로 돌변한다. 배너에 서 헐크로 바뀌는 시점이 예측 불가해서 배너는 도시에서는 살 수 없는 몸이 되었다. 헐크로 돌변하면 앞뒤 가리지 않고 물건을 부 수고 사람을 해치기 때문이다. 평범한 삶을 잃어버린 배너는 한적 한 곳에 숨어 살며 자신을 치료할 방법을 찾는다. 괴물로 변해 버리는 자신을 어떻게든 고치고 싶어서였다. 그러나 배너를 찾아간 어벤져스 팀은 그와 생각이 달랐다. 돌변한 헐크가 가지고 있는 능력은 비범한 것이라 지구를 지키는 데 큰 도움이 될 거라고 평가했다. 어벤져스 팀은 스스로를 부정하고 있는 헐크를 설득하여 멤버로 영입하고, 적들과 싸울 때 배너를 분노하게 만든 뒤 헐크를 소환시켜서 합을 맞춘다.

오랜 시간이 지난 뒤 헐크의 도움이 필요해진 어벤져스 팀이 찾아갔는데 그는 의외의 모습으로 지내고 있었다. 겉은 거대한 녹색의 헐크인데, 속은 이성적으로 대화가 가능한 배너였다. 헐크의 몸과 배너의 지성이 조화를 이룬 상태였다. 이성을 잃지 않고 헐크의 모습으로 평소 생활을 할 수 있으니 그야말로 유능인이었다. 심지어 사람들에게 공포의 존재이기만 했던 헐크였는데, 헐크와 배너가 합쳐진 '프로페서 헐크'는 사람들에게 사랑받는 인기 스타가 되어 있었다. 자신을 찾아온 어벤져스 팀에게 헐크는 이렇게 말한다.

"나는 나를 원망했어. 헐크를 없애 버려야 할 질병처럼 취급했거든. 그러다 헐크를 치유제로 여기게 되었어. 18개월 동안 감마 실험에서 두뇌와 힘을 결합시켰고, 지금 모습이 그 결과야. 양쪽을 다 얻은 거지."

처음에는 질병처럼 여겨지던 자신의 단점을 인정하고, 그것을 올바르게 쓰는 법을 배워 옳은 일에 쓰일 수 있게 강화한 것이다.

성격에는 완전한 장점도, 완전한 단점도 없다. 장점이 단점이 되기도 하고, 단점이 장점이 되기도 한다. 불과 물처럼 말이다. 불은 온 마을을 태우고 재산을 잃게 만들 수 있지만 체온을 유지하게 해 주고 탈이 나지 않도록 음식을 익혀 주니 사람에게 꼭 필요한 존재이다. 물은 온 세상을 집어삼키고 사람의 목숨을 빼앗아 갈 수 있지만 이 땅의 생명을 자라게 해 주고 체내에 반드시 있어야 하는 수분을 보충해 주니 사람에게 없어서는 안 되는 존재이다. 절대적인 건 없는 셈이다.

다만 이처럼 장점과 단점을 오고 가려면 반드시 가져야 할 태도가 하나 있다. 자신의 단점을 인정하는 것이다. '이건 내 모습이 아니야'라고 부정만 한다면 그건 정말로 틀에 박히게 된다. 단점을 딛고 일어서는 유연한 생각을 못하기 때문이다. '장점만 있는 나'도 '단점만 있는 나'도 없다. 장점도 단점도 모두 나의 한 조각이다. 장점과 단점이 조화를 이룰 때 비로소 내가 되는 것이니 내 안에 살고 있는 나를 미워하지 말자.

35

고생길은
따로 있는 걸까?

" 그때가 가장 좋은 거야.
그거 끝나면 고생 시작이야. "

💬💬

        결혼식이 몰려 있는 5월 무렵, 지금 사귀는 남자친구와 빨리 결혼하고 싶다고 노래를 부르던 친구 B가 있었다. 결혼을 서두르고 싶을 만큼 남자친구를 많이 사랑하나 보다 싶었는데 친구의 결혼 목적은 '안정감'이었다. 아무래도 두 사람이 합치면 경제적으로도 넉넉해지고, 온전한 내 편이 생기는 거니 B의 말을 듣고 고개를 끄덕였다. 그런데 옆에 있던 결혼 4년 차 언니가 물었다.

        "지금 둘의 연애에는 안정감이 느껴져? 남자친구가 지금도 온전한 네 편이 되어 줘?"

        B는 "둘 다 모은 돈도 많이 없어서 딱히? 그리고 남자친구가 아직은 나보다 더 중요하게 여기는 게 많은 것 같아. 그래서 결혼하면 좀 나아질까 싶어서 그래" 하고 대답했다. B의 답변을 들은 언니는 그런 마음으로 결혼하면 불만 가득한 신혼 생활이 될 거라고 조언했다.

        "둘이 같이 살면 혼자 살 때보다 온정이 느껴지는 건 사실이야. 그런데 경제적 안정감? 결혼하면 돈 나갈 일이 더 많아져. 아이라도 생겨 봐. 생활비 훅훅 나간다? 그리고 지금도 온전한 네 편이 안 되어 주는데 과연 결혼하고 나서 온전한 네 편이 되어 줄까? 네 남자친구는 결혼하고 나서도 너 말고 중요한 게 여전히 많지 않을까 싶어. 물론 지금보다야 너를 더 신경 쓰겠지만 네가 기대하는 것만큼 180도 확 바뀌지는 않을 거야. 연애할 때 안정감을 느끼던 사람이 결혼하고 나서 더 큰 안정감을 느끼는 거고, 연애할 때 온전한 내 편이 되어 주던 사람이 결혼하고 나서 더 완벽한 내 편이 되어 주는 것 같아. 지금 그러지 않는데 결혼만 하면 전부 다 해결된다? 나는 그거는 아니라고 봐."

'파랑새 증후군Bluebird syndrome'은 벨기에의 극작가 모리스 마테를링크Maurice Maeterlinck의 동화극 〈파랑새L'Oiseau Bleu〉의 주인공처럼 자신의 현재 모습에 만족하지 못해서 현실을 부정하고 먼 미래의 막연한 이상만을 꿈꾸는 것을 의미한다. 꿈과 목표가 있는 것은 좋지만 파랑새 증후군이 있는 사람은 아무런 고통 없이 즐거움만 있는 세상을 바란다. "이것만 끝나면 괜찮아질 거야", "이것만 잘되면 나아질 거야"라며 부족한 지금을 외면하고, '대학만 들어가면', '회사만 옮기면', '결혼만 하면'이라는 전제 조건을 붙이면 무조건 나아질 거라 맹신한다.

빨리 공부 끝내고 돈 벌고 싶다고 하면 "공부할 때가 가장 좋은 거다. 취업 준비 시작하면 고생길 시작이다", 빨리 취업 준비 끝내고 회사 들어가고 싶다고 하면 "취업 준비할 때가 좋은 거다. 남의 돈 받아먹으려고 일하면 고생길 시작이다", 임신하고 있는 게 불편해서 빨리 출산하고 싶다고 하면 "아기가 배 속에 있을 때가 편한 거다. 애가 태어나고 기어 다니기 시작하면 고생길 시작이다", 아기가 말을 잘 안 듣는 게 스트레스라고 빨리 대화가 가능한 시기가 오면 좋겠다고 하면 "그때가 좋은 거다. 자식이 크고 사춘기 오면 고생길 시작이다"라고 말한다.

이처럼 삶에서 완전한 해결은 없다. 나에게 닥친 시련을 고생길이라고 생각한다면 태어났을 때부터 죽을 때까지 고생길이다. 이게 해결되면 저게 문제가 되고, 저걸 해결하면 또 다른 문제가 생기기 때문이다. 유토피아는 죽고 나서야 생기는 셈이다. 문제를 한 방에 해결해 줄 만능열쇠라는 건 존재하지 않는다. 게임을 할 때 스테이지를 하나 깨면 또 그다음 스테이지가 기다리고 있는 것처럼 단련을 반복하는 것이다. 그러니 고생길을 걷고 있다고 생각하지 말자. 지나고 보면 그 시절이 좋아 보여서 그리워지는 때가 오니까.

36

버텨야 할 때도
있는 법

"인생 아직 안 끝났다. 지금 당장 힘들다고
그 끝이 잘 안될 거라 단정 짓지 않았으면 좋겠어."

"

생각지도 못한 큰 지출에 통장 잔고가 아슬아슬할 때가 있었다. 꼬박꼬박 월급이 들어오는 직업이라면 다음 달이 불안하지 않았을 텐데 인세 정산이 들쑥날쑥한 프리랜서라 걱정이 될 수밖에 없었다. 나가는 돈은 일정한데 들어오는 돈은 점점 줄어드니 고비가 찾아왔다. '내 선택이 잘못되었던 건가?' 하는, 직업에 대한 고찰을 처음 해 봤다. 몇 년 전, 괜한 마음에 가족들 몰래 여러 회사에 서류를 넣어 봤고 몇몇 곳은 합격해 면접까지 보러 간 적이 있었다. 그런데 면접 때 하나도 떨지 않는 나를 발견하고는 '아, 나 회사에 간절하지 않구나'를 알게 되었다.

내 진심이 회사를 원하지 않는다는 걸 깨닫고서 그 후로 '월급을 받는 일을 하고 싶다'라는 생각을 완전히 접었는데, 통장에 찍힌 숫자가 적어지니까 단돈 만 원이라도 아쉬워지기 시작했다. 이 일이 너무 좋은데 현실적으로 유지하기 어려우니까 속이 쓰렸다. '내가 조금 더 잘했다면 이런 양자택일 같은 걱정은 안 했을 텐데' 하는 자책과 '왜 나는 돈 벌기 힘든 글 쓰는 일이 미치도록 좋은 걸까' 하는 비난을 쏟아부었다.

원고 마감을 한 뒤, 원고에 대해 자주 의논하는 작가 선배와 커피를 마시는 자리였다. 선배는 세심하게 나를 챙겨 주며 요즘 어려운 일은 없냐고 물었다.

"글 쓰는 게 너무 좋은데 수입이 일정하지 않으니까 나중에 가족들한테 민폐 끼칠 것 같아서 이 일 오래는 못 할 것 같아요."

진담 반 농담 반으로 본심을 털어놓았다. 그때 선배가 커피 잔 손잡이에 올려져 있던 내 손을 꼬옥 잡아 주며 자기도 그런 시기가 있었다며 경험을 들려주셨다.

"책을 10권 정도 내면 들쑥날쑥하던 인세도 어느 정도 자리 잡혀져. 그리고 있잖아, 회사 다닌다고 다 안정적이지는 않아. 하루아침에 부서가 없어지는 경우도 있고, 회사가 어려워져서 정리해고당하는 경우도 많아. 네가 그 일이 정 좋으면 편의점 아르바이트라도 해 가면서 하면 돼. 너 처음에 글 쓰는 게 행복이라고 말하던 그 마음으로 버텨 봐. 너 아직 인생의 반도 안 살았어. 인생 아직 안 끝났다. 지금 당장 힘들다고 그 끝이 잘 안될 거라 단정 짓지 않았으면 좋겠어."

넷플릭스 드라마 〈오렌지 이즈 더 뉴 블랙Orange is the New Black〉에 이런 장면이 나온다. 고집을 피우다 상황을 망쳐 버린 테이스티가 스스로를 탓하며 모든 걸 다 포기하려는 듯한 태도를 보였다. 그러자 곁에 있던 수잰이 그녀에게 위로의 말을 건넨다.

"지금 네가 느끼는 감정은 진짜가 아니야. 내 말 믿어! 하늘은 파랗잖아? 하지만 구름이 끼면 하늘을 회색이라고 생각하지. 실제로는 계속 파란데도 말이야. 달라진 건 없어. 그냥 회색 구름이 지나가는 것뿐이야."

먹구름 뒤에 가려져 있어서 날씨가 우중충할 뿐, 구름이 개고 나면 화창해질 날씨라는 걸 알기에 나도 한번 버텨 봐도 좋겠다는 자신감이 생겼다.

그래, 지금은 버텨야 할 때인가 보다. 나이대가 비슷한 지인들은 회사에서 이제 자리 잡고 월급도 올라가는 중인데, 내 수익은 역주행을 하고 있어서 조금은 창피했었다. 본가에 내려갈 때 부모님께 용돈을 두둑이 드리고 싶은데 그러지 못하고 얇은 봉투를 건넬 때 조금은 비참했었다. 그런데 살짝 유연하게 생각해 보면, 나는 타고난 1%의 천재가 아니기에 늘 좋은 성적을 낼 수 없는 게 당연했다. 잘할 때도 있고 못할 때도 있는 건 자연스러운 현상이다.

이 일을 출발할 때부터 나는 '빨리' 이뤄 내는 작가보다 독자들 곁에서 '오래' 머무는 작가가 되고 싶었다. 퍼즐을 맞출 때 화려한 그림이 있는 가운데 조각부터 맞추는 게 아니라 밋밋한 가장자리부터 하나씩 맞춰 가는 것처럼, 내 삶도 조각조각 맞춰 가는 거라 여기며 일희일비하지 않기로 했다.

37

내 뜻대로 안 되는 인생
받아들이기

" 어떤 문제든 완벽히 풀어내야 한다는 건 환상이야. "

나는 성격 유형 검사 MBTI에서 네 번째 항목이 J^{Judging, 판단}가 나오는 계획형 인간이다. 그것도 적당한 계획형이 아니라 그래프가 한쪽으로 치우칠 정도로 완벽한 계획형. 집안이 여유 있는 편이었다면 자잘자잘한 실수쯤이야 웃으며 넘어갈 수 있었을 텐데, 그러지 못하는 환경이라 조그마한 리스크에도 큰 타격을 입었다. 어떻게든 실수를 줄여야 했기에 그대로 이행할 수 있는 완벽한 200%의 계획을 짜야만 했었고, 그러한 습관들이 나를 J형 인간으로 만들었다.

그런데 아무리 신중에 신중을 기해도 사람 일이라는 건 항상 변수가 존재했다. 문제가 발생할 가능성이 희박했던 일이라 제쳐두었는데 하필 나에게 그러한 일이 일어나 방심했던 스스로를 자책하게 만들고, 예상하지도 못했던 새로운 난제가 등장해서 당황스럽게 만들었다. 그러한 나이기에 '내일'이라는 건 반갑고 기대되고 희망차기보다는 두렵고 무섭고 어려운 존재였다.

내 안의 높고 두꺼운 벽을 허물어 준 건 우연히 들은 한 단어였다. 코로나COVID-19 확진자 치료 방법에 대한 뉴스였는데, 치료제가 없는 현재로서는 '대증 치료'를 할 수밖에 없다고 이야기하고 있었다. 대증 치료란 겉으로 나타나는 병의 증상에 대응하여 처치를 하는 치료 방법을 의미하는데, 병의 근본적인 원인을 없애기 어려운 상태에서 사용하는 치료법이다. 열이 나면 해열제를, 기침이 나면 기침약을, 가래가 심하면 거담제를 제공하는 등 증상이 나타날 때마다 매번 그에 맞는 처방을 내려 증상을 가라앉힌다. 병의 치료제가 없어 당장은 원인을 제거하지 못하니 우선은 증상을 완화시켜 생명에 위협이 가지 않도록 도와주는 것이다. 우리가 흔히 걸리는 '감기'도 대증 치료를 하는 병 중 하나라고 한다.

대증 치료라는 것이 우리의 삶과 비슷한 것 아닌가 하는 생각이 들었다. 어느 순간 갑자기 문제가 들이닥쳐 내 마음을 아프게 하고, 문제를 해결할 수 있는 100%의 정답을 바로 찾지는 못하지만 그 순간을 적당한 지혜로 수습해 어찌어찌 넘어가고, 시간이 꽤 흐른 뒤에야 '그때 그렇게 했으면 더 좋았겠구나' 하는 치료법을 찾는 것과 닮았으니 말이다. 그런데 나는 그 이치를 깨닫지 못하고 어떤 문제든 완벽히 풀어내야만 한다는 환상에 사로잡혀서 문제를 완벽히 풀지 못한 날에는 끝없이 방황하며 오늘을 미워했었다. 답이 없는 인생, 하루하루 대증 처방일지라도 결국 살아 내면 그만인 것을. 왜 그렇게 스스로를 할퀴었을까.

심리학자 스탠리 샤흐터 Stanley Schachter 와 제롬 싱어 Jerome E. Singer 의 '정서 2요인 이론 Two factor theory'이 있다. 어떠한 자극이 생리적 각성을 유발하고 왜 그러한 각성이 일어났는지에 대해 뇌가 그 원인을 해석하는데, 이때 이루어지는 해석이 정서 경험을 이끌어 낸다는 주장이다. 예를 들어, 길을 걷고 있는데 덩치 크고 사나워 보이는 개가 내 쪽으로 다가오는 게 보인다. 그걸 본 순간부터 심장이 빨리 뛰기 시작했고, 뇌는 '주인의 심장이 왜 이렇게 빨리 뛰지?'라며 상황을 분석한다. 그 결론이 '무서운 개를 만나서 심장이 빨리 뛰는구나'로 해석하며 이 두근거림이 '공포'라는 정서로 형성된다.

반대로, 길을 걷고 있는데 오래도록 짝사랑하던 사람이 내 쪽으로 다가오는 게 보인다. 그 모습을 본 순간부터 심장이 빨리 뛰기 시작했고, 뇌는 마찬가지로 '주인의 심장이 왜 이렇게 빨리 뛰지?'라며 상황을 분석한다. 그 결론이 '좋아하는 사람을 만나서 심장이 빨리 뛰는구나'로 해석하며 이 두근거림이 '사랑'이라는 정서로 형성된다. 같은 두근거림인데도 상황에 따라 다른 정서가 형성되었다. 그런데 이러한 정서 경험을 한 뒤, 높은 곳에 있는 흔들

다리를 건너는데 맞은편에서 처음 본 이성과 마주쳤다. 심장은 흔들 다리가 무서워서 쿵쿵 뛰고 있는데, 뇌는 '어? 심장이 왜 뛰지? 나 저 사람한테 반했나?'라고 해석을 내렸다. 생리적 각성이 잘못 해석되어 틀린 결론으로 도달한 것이다.

나는 계획대로 되지 않을 때마다 초조해하고 불안해하고 안절부절못했다. 그런데 놀이공원에서 롤러코스터를 탈 때 가장 높은 곳에 올라가 떨어지기 직전에도 똑같이 초조해하고 불안해하고 안절부절못했다. 롤러코스터는 공포감을 형성한 뒤에 짜릿한 즐거움을 준다. 마찬가지로 계획하지 못하는 나의 내일도 얼마나 짜릿한 순간을 줄까 기대하면서 공포를 즐길 수도 있었는데, 나는 늘 피하기 바빴다. 일이 틀어졌을 때 '전혀 예상하지 못했던 일이 잖아? 새로운 걸 알게 되었군!'이라고 해석해서 즐거움의 정서를 만들어 낼 수도 있었을 텐데, 지금까지의 나는 온갖 부정적인 단어를 내뱉었으니 뜻밖의 일이 발생하는 '내일'이 싫을 수밖에.

이제는 불쑥 찾아오는 당황스러운 일도 '손님'으로 받아들이기로 했다. 좋은 손님은 '이런 사람처럼 살아야겠다'라는 배움을 주고, 안 좋은 손님은 '이런 사람처럼 살지 말아야겠다'라는 배움을 주니까. 어떤 손님이든 나에게 교훈을 주는 밑거름이 되니 나

에게 찾아오는 상황들은 모두 반가운 손님이다. 그렇게 점점 내 뜻대로 되지 않는 인생을 받아들이기 시작하면 바깥에만 존재하며 타인처럼 느껴지던 내 삶이 점점 내 것이 될 수 있으리라 믿는다.

38

지도를 보는 것처럼
위에서 내려다보기

"사고가 안 나려면 멀리 봐야 돼요.
흐름을 읽어야 하거든요."

처음 면허를 따던 날, 도로 주행 연수를 받는데 첫 번째 코스를 돌고 선생님이 들려준 말이 있다.

"다 잘하고 있는데 지금 도로 선 맞추느라 코앞만 보고 밟고 있어요. 시야를 넓게 가지세요. 사고가 나는 걸 예방하려면 멀리 봐야 돼요. 도로의 전체적인 흐름을 읽어야 하거든요. 앞차 뒤꽁무니만 보면서 가면 앞차가 급정거했을 때나 옆에서 급끼어들기를 했을 때 대비를 못 해요."

심리학자 대니얼 사이먼스Daniel Simons와 크리스토퍼 차브리스 Christopher Chabris의 '보이지 않는 고릴라' 실험이 있다. 흰옷을 입은 3명, 검은 옷을 입은 3명을 섞어서 농구공을 패스하는 장면을 촬영했다. 그 동영상을 사람들에게 보여 주며, 검은 옷을 입은 사람은 무시하고 흰옷을 입은 사람이 몇 번의 패스를 했는지 세어 달라고 말했다. 영상을 다 보여 주고 난 뒤 사람들에게 이렇게 물었다. "혹시 고릴라를 보았습니까?" 실제로 사람들이 본 동영상 중간에는 고릴라 옷을 입은 사람이 농구공을 패스하는 사람들 옆을 지나간다. 그런데 동영상을 본 절반의 사람들이 고릴라 옷을 입은 사람을 보지 못했다고 한다. 이 실험은 어떤 한 가지에 집중하면 그 외의 것들은 눈에 잘 안 들어와서 나머지를 놓칠 수 있다는 걸 알려 준다. 나무 한 그루에 온 정신을 쏟다 보면 전체를 이루고 있는 아름다운 숲을 못 보는 것이다.

내가 길 위에 서 있을 때는 높은 건물과 가로막힌 담장 때문에 내가 가고 있는 길이 맞는지 잘 모른다. 하지만 우리가 길을 찾을 때 지도 앱을 켜서 보면 길이 어떻게 나 있고 어디가 막혀 있는지, 저 건물은 몇 번지인지, 빠르게 질러 갈 수 있는 루트는 어디인지 한눈에 볼 수 있다. 저 위에서 보고 있으니까.

타인의 인생에 훈수를 두기 쉬운 이유도 그것과 같다. '나라면 저렇게 안 했을 텐데', '그렇게까지 힘들어할 일은 아닌 것 같은데', '당연히 이렇게 해야 하는 거 아닌가?'처럼 나는 그 사람의 인생에 들어가 있지 않고 제3자의 입장으로 떨어져 있으니까 거시적으로 볼 수 있다. 하지만 똑같은 상황이라도 내가 당사자가 되면 혜안이 안 떠오르고, 설령 방법을 안다고 해도 선뜻 결정을 내리기가 어렵다.

인생이 막막하다고 느껴지는 건 내 인생이 특별히 못나거나 부족해서가 아니라, 내가 길 위에 놓여 있기 때문이다. 그래서 길치가 된 것처럼 헤매고 있는 걸 마냥 안 좋게 볼 일이 아니다. 그만큼 내가 가야 될 길이 아직 많이 남아 있는 '청춘'이라는 의미니까. 어차피 걸어야 할 길이라면 가로막혀 있는 벽에 좌절하기보다는 고개를 들고 좌우를 살펴보자. 길가에 핀 꽃, 산책하고 있는 강아지, 유모차 속에서 새근새근 자고 있는 아기, 딱 좋은 햇살, 기분 좋게 부는 바람, 그림 같은 하늘. 내 곁에는 나를 응원하고 있는 풍경이 함께하고 있다. 보도블록만 뚫어져라 쳐다보며 걷는 게 아니라 아주 살짝만 여유를 가지고 시야를 넓게 가진다면 이토록 아름다운 인생이 없다고 느껴질 것이다.

39

나에게
관대해지기로 했다

"네 나이 때에는 뭘 해도 예뻐.
다 해도 되는 나이야.
못해도 예뻐. 잘하면 더 예쁘고!"

몇 년 전, 편하게 '이모'라고 부르는 엄마의 친구분과 같이 밥을 먹는 자리였다. 이모가 나에게 책 잘 읽었다며 앞 장에 사인해 달라고 책을 건네는데 표지를 보자마자 뇌가 멈춘 것 같았다. 내 첫 책이었다. '하, 왜 하필 이 책이었을까!' 겉으로는 웃고 있었지만 속으로는 표정을 한껏 찡그렸다.

"하하, 이모! 이 책은 이모가 읽기에는 유치했을 텐데. 좀 별로였죠? 다음에 제가 다른 책으로 드릴게요. 이거 제가 처음으로 썼던 글들이라 부족한 것투성이였을 텐데……."

이모는 아무 말도 안 했는데 나 혼자 괜히 찔려서 멋쩍게 웃으며 자기변명을 늘어놓았다. 그러자 이모는 고개를 저으며 내 말을 가로챘다.

"책을 재밌게 잘 읽어서 사인해 달라고 하는 거야. 그리고 네 나이 때에는 뭘 해도 예뻐. 다 해도 되는 나이야. 못해도 예뻐. 잘하면 더 예쁘고!"

그때는 이모의 말에 공감하지 못했었다. '그냥 하시는 말씀이겠지. 어떻게 아무거나 해도 예쁠 수가 있겠어. 막상 못하면 싫어할 거면서…….' 그런데 몇 년 후, 그때의 내 나이와 비슷한 후배로부터 자신이 쓴 원고 기획안을 한번 봐 줄 수 있냐며 연락이 왔었다. 출판사에 투고를 할 건데 처음 해 보는 거라 혹시라도 실수가 있을까 봐 너무 걱정된다며 대충이라도 좋으니 확인해 줄 수 있냐고 정중하게 부탁해 왔다. 아직 나도 능숙하다고 표현할 수는 없는 연차라 도움이 안 될 거라고 대답하자 후배는 내가 봐 주는 것만으로도 용기가 날 것 같다고 했다. 나 따위가 무슨 피드백이냐 싶었지만 나도 저렇게 간절한 때가 있었기에 그 마음을 이해했다. 나는 후배에게 기획안을 보내 보라고 했다.

파일이 도착하자마자 기획안을 열어 봤는데 그것이 내 것도 아닌데도 입가에 미소가 번졌다. 잘했고 못했고를 떠나서 후배의 노력이 문서에 뚝뚝 묻어나 이 친구가 얼마나 많은 고민으로 밤을 지새웠는지 보지 않아도 느낄 수 있었다. 실수를 해도 너무 예뻐 보인다는 이모의 말씀이 비로소 이해가 되었다. 어설프다는 건 그만큼 그 사람이 젊다는 것을 증명해 주는 거라, 그 젊음 자체가 예뻐 보인다는 의미였다.

나는 스스로를 향한 칭찬에 조금 인색한 사람이었다. 다른 사람의 장점은 사소한 것도 금방 발견해서 챙겨 주곤 했는데, 나의 장점에는 야박하게 굴었다. '이것 가지고는 안 돼', '이 정도는 누구나 해', '잘될 땐 경계해야 돼'. 좋은 것들은 언제 왔냐는 듯 곧 사라지는 신기루라서 잘되어도 그 기쁨을 누리려고 하지 않았다. 얼른 들뜬 기분에서 빠져나오려고 애썼다. 한껏 비행기 태워 놓고 보란 듯이 추락시켜 버릴 것만 같아서. 그러다 보니 자연스레 결점을 관찰하는 데 익숙해졌다. 흠집만 잘 보완하면 이 평화를 유지시킬 수 있으니 긍정적인 면보다 부정적인 면만 보려고 애썼다. 주변 사람들이 잘했다고, 대단하다고, 멋지다고 칭찬해 줘도 빈말로 받아들였다. 그들의 진심을 의심해서가 아니라 칭찬에 마음이 들뜨면 금방이라도 실수를 해 버릴까 봐 두려웠다.

신경심리학자 릭 핸슨Rick Hanson은 인간은 생존을 위해 긍정적인 정보보다 부정적인 정보에 더 집중하도록 진화되었다고 말한다. 맛있는 음식을 먹거나 재밌는 놀이를 하는 건 다음에도 할 수 있는 것이지만 위협적인 동물과 맞닥뜨리거나 독이 든 열매를 먹는 경우에는 생명에 지장을 줄 수 있기 때문이다. 진화의 산물이며 인간의 본능인 것이다. 좋은 건 좋은 것에서 끝나지만 안 좋은 것은 이건 왜 안 좋은지, 어떻게 개선해야 하는지, 이것이 나에게 해를 끼치는 건 아닌지 등등 수십 가지를 고민해서 대안을 마련해야 했기 때문이다. 그렇기 때문에 부정성 편향은 나쁜 것이 아니다. 뇌과학자들이 말하는 '부정성 효과 Negativity effect'에서도, 긍정적인 정보와 부정적인 정보가 있을 때 부정적인 정보가 우리의 심리에 더 큰 영향을 미친다고 한다. 쉽게 설명하자면, 어떤 사람이 9가지를 잘했어도 1가지 잘못을 하면 나쁜 사람이 되어 버리는 것과 같다.

능숙하게 해낸 모습이 많아도 내 눈에는 열등한 모습만 딱 꼬집어 보여서 뇌리에 깊게 새겨졌다. 그래서 나는 사시사철 뒤처지는 사람이었다. 그렇기 때문에 스스로에게 칭찬을 허락하지 않았는데, 못하고 실수하고 떨어지는 그것 자체가 삶의 일부라는 걸 알게 되자 나 자신에게 조금은 관대해졌다. 매번 '단점을 가진 나'랑 친하게 지냈는데 이제는 '장점을 가진 나'랑 화해하려 한다. 부족하더라도 다독여 주고, 잘 안 되더라도 과정을 인정해 주고, 더디더라도 응원해 주기로 했다. 틀린다는 건 아직 새파랗다는 것이니까.

40

틀린 곳을 바라보고 쏘는 용기

" 과감하게 타. 과감하게!
넘어져도 안 죽어. "

어린 시절, 난생처음으로 스케이트를 타러 아이스 링크에 간 날이었다. 나는 운동 신경도, 균형 감각도 좋은 편이 아니어서 잘 탈 수 있을까 걱정하며 갔는데, 실전에서 그것보다 더 큰 문제는 '겁'이었다. 운동 신경과 균형 감각이 떨어진다는 걸 누구보다 잘 알고 있기에 스스로를 믿지 못했고, 그것이 어마어마한 공포로 다가왔다. '나는 오늘 넘어져서 다칠 게 분명해.' 길에서 넘어진 경험은 있으니 그 아픔의 정도를 아는데 빙판 위에서 넘어져 본 경험은 없어서 아픔의 크기를 가늠할 수가 없었다. "잘못 넘어지면 손가락 부러질 수 있어요", "얼음 위에서는 크게 다칠 수 있으니까 절대로 장난치면 안 돼요"와 같은 무서운 말을 들은 후로 어린 나의 공포심은 배로 증폭되었다.

한 10분쯤 지나니까 다른 아이들은 스케이트 날을 슥슥 밀며 앞으로 잘 나아가는데 나만 여전히 제자리였다. '스케이트를 탄다'기보다는 '스케이트를 콕콕 찍으며 걸어간다'가 더 정확한 표현이겠다. 아무튼 스케이트를 재밌게 타려고 왔는데 전혀 진전이 없으니 엄마가 한 소리 했다.

"유미야, 과감하게 타. 과감하게! 넘어져도 안 죽어. 한 번에 쭈욱 안 밀면 균형 잡기가 어려워서 몸이 더 비틀거려. 그러면 더 넘어진다니까?"

보다 못한 작은외삼촌이 스케이트 신발을 빌려 와서 링크로 들어왔다. 삼촌이 옆에서 보호자가 되어 주니까 조금은 자신감이 생겼다. 중심을 잃으려고 할 때마다 삼촌이 잡아 주니 안심이 되어서 아까보다는 발을 길게 뻗을 수 있게 되었다. 오른발을 쭈욱 민 다음 왼발은 찔끔, 다시 오른발을 쭈욱 민 다음 왼발은 찔끔. 이렇게 반복하다 보니 발을 대각선으로 밀 때는 과감하게 밀어야 하고, 상체가 속도에 맞게 앞으로 따라 나가야 균형을 잘 잡을 수 있다는 걸 알게 되었다. 나는 여태까지 상체는 딱딱하게 굳어 있고 발이 소심하게 나가니까 모양새가 방정맞아져서 무게 중심이 흐트러져 있었다. 그 원리를 깨닫고 마음을 다잡은 뒤 오른발과 왼발을 교차해서 과감하게 길게 내밀어 보았더니 그제야 시원시원하게 앞으로 나갔다. 스케이트 타는 것에 성공한 것이다.

'이렇게 타도 넘어지지 않는구나'를 배운 뒤부터는 마치 스케이트 선수가 된 것처럼 자세를 잡으며 빙판에 몸을 맡겼다. 드디어 스케이트 타는 재미를 알게 된 것이다. 그런데 이용 시간이 종료되기 15분 전에 크게 넘어질 뻔했다. 완전 생초보일 때도 넘어지지 않던 내가 막상 잘 타게 되니 그런 위기가 찾아온 이유는 무엇일까? 그것도 '겁' 때문이었다. 엄마가 손 흔드는 것도 못 볼 만큼 정신없이 타고 있는데 너무 신나다 보니 속도 줄이는 걸 깜빡한 것이다. 그전에는 자신 있게 타다가도 많이 빠르다 싶으면 발을 오므려 속도를 줄이곤 했는데 두어 바퀴를 쌩쌩 돌다 보니 나도 모르게 들떴던 것이다. '어? 너무 빠른데? 이러다 넘어지면 어떡하지? 크게 다칠 것 같은데?' 헉, 하며 긴장이 차오르는 순간 어떻게든 속도를 줄이려고 발버둥 치다가 균형을 잃었다. 이때까지 잘만 타다가 말이다. 다행히 내 옆을 지나가던 모르는 어른이 붙잡아 줘서 넘어지지는 않았지만 그 공포가 생생해서 이용 시간이 다 끝나기도 전에 아이스 링크 밖으로 나와서 스케이트 신발을 벗었다.

20년도 더 된 일화가 기억 속에서 나온 이유는, 지금의 내 모습이 그때와 다르지 않다고 부쩍 느껴지는 요즘이기 때문이다. 나의 주 업무인 '작가'는 농부가 연초에 한 해의 농사를 계획하듯이 1년 동안 어떤 원고를 쓸지 전체적인 방향을 계획한다. 혼자서 아이디어를 짠 다음에 여러 출판사에 투고한 뒤 미팅을 하며 의견을 들어 보기도 하고, 출판사 측으로부터 이러이러한 책을 내 보는 건 어떠냐 하는 제안을 받은 뒤 미팅을 하여 의견을 좁혀 보기도 한다.

이런 말이 어떻게 들릴지 모르겠지만, 그렇게 1년을 계획해서 나온 책은 무조건 잘되어야만 한다. 출간이 실패하면 올해의 내 커리어도 망치고, 나를 믿고 계약서에 사인한 대표님은 매출을 걱정해야 하고, 몇 달 동안 나를 맡아 주신 담당자님과 연락할 때도 민망해진다. 그러다 보니 연차도 쌓이고, 인지도도 쌓이면서 잔머리 굴리는 법만 늘었다. 대박까지는 못 치더라도 평균 이상만 해내면 된다는 생각이 드니까 늘 하던 것만 하려는 관성이 생겼다. 실패하면 욕도 많이 먹고 리스크도 크니까 새로운 방향을 개척하는 것에 머뭇거리게 되었다.

주변 사람들이 "너 이런 거랑 잘 어울릴 것 같아", "너 저런 거 하면 잘할 것 같아"라고 추천을 해 줘도 마음보다 머리가 앞선다. 신입일 때의 나는 "잘 안 되더라도 한번 해 볼까?"라는 의욕을 불태웠는데 요즘은 "괜히 안 하던 거 했다가 시간 뺏겨, 돈 날려, 욕은 욕대로 먹어. 그냥 하지 말자"라며 방어 태세를 갖춘다. 변화는 하고 싶지만 나에게 기대를 걸어 주는 사람들에게 실망감을 안겨 주고 싶지 않은 욕심이 나를 주저하게 만든다. 그렇게 멈칫할 때마다 '나 아직 안 늙었는데 왜 이렇게 낡았지?'라는 쓸쓸함에 잠을 설치곤 한다.

야외 종목인 양궁에서 높은 점수를 받기 위해 갖춰야 될 실력 중에 '오조준誤照準'이라는 것이 있다. 오조준은 과녁 중심부인 10점을 겨냥하는 정正조준의 반대 개념으로, 바람의 방향과 세기를 계산하여 중심부와 떨어진 7~9점을 겨냥하는 것이다. 화살은 바람의 영향을 받으면 휘니까, 휘었을 때 결과적으로 10점에 꽂힐 수 있도록 예측하여 쏘는 것이다.

그런데 말처럼 쉬운 일은 아니다. 목표는 10점인데 7~9점, 즉 틀린 곳을 바라보고 쏴야 한다니. 심지어 강풍일 때는 5점을 조준하는 경우도 있다고 한다. 바람이 거셀수록 더 용감하게 방향을 반대로 옮겨야 하기 때문이다. 그런데 5점을 조준했다가 진짜 5점에 꽂히면 선수가 원하던 순위와 멀어지게 되니 머리가 복잡해질 수밖에. 하지만 그 불확실함을 견디지 못하고 '조금만 더 안전하게 가운데로 조준할까?'라는 마음으로 방향을 살짝 틀면 오히려 무난한 9점보다 더 낮은 점수를 받을 수 있다고 한다.

약 7년 동안 여러 채널에서 작가로 활동하면서 비슷한 포맷에 비슷한 글만 써 왔다. 처음에 그걸로 잘되기도 했고, 변화보다는 유지하는 게 편하기도 했으니까. 그런데 점점 떨어지는 구독자, 좋아요와 댓글 수가 지금의 내 활동이 요즘 시대와는 맞지 않다는 걸 방증했다. 바꿔야 살아남는다는 걸 진작부터 알고 있었지만 선뜻 행동으로 옮기지 못했다. '바꿔야 살아남는 건 맞는데 바꿔서도 살아남을 수 있을까? 지금 이대로도 완전히 나쁜 건 아닌데 괜히 바꿔서 망치는 건 아닐까?' 하는 두려움 때문이었다.

그런데 '오조준'이라는 개념을 알고 나니, 시대가 변해 바람이 불고 있는데 아직도 10점을 조준하고 있는 스스로의 고집스러운 모습이 구태의연하다고 느껴졌다. 이 상황을 타개하기 위해 포맷을 전체적으로 변경하기로 결정을 내렸고, 7년 차 경력직이 신입의 마음으로 돌아가 처음부터 다시 시작해 보기로 했다. '새로운 분야에 도전해도 될까?', '내 선택이 틀린 건 아닐까?', '나를 무너뜨리지는 않을까?'. 나를 흔드는 강풍이 매일 불어오지만 중심을 잡고 계속 도전해 보려 한다. 스스로를 믿고 과감하게 조준을 하는 사람만이 과녁의 정중앙인 '엑스텐(X-10)'에 화살을 꽂을 수 있을 테니까.

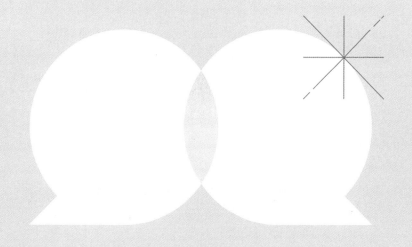

불안하다는 건 삶을 헤쳐 나가기 위해

누구보다 고민하고 있다는 것이다.

나를 흔드는 불안이라는 강풍이 매일 불어오지만

그걸 타고 훨훨 날아오르라는 신호로 받아들이자.

태도.

내 삶의 방향을
들려주는 말

41

결과 이후의 감정까지
잘 소화해야 한다

"충격적인 결과네요."

나는 고등학생 때 전형적으로 수학을 못하는 '수포
자(수학을 포기한 자)' 문과생이었다. "문과랑 이과 중에서 왜 문과
를 선택했어?"라는 질문에 대한 답이 "인문학이 좋아서"가 아니라
"수학이 싫어서"였다. 그렇지만 성적에 대한 욕심은 있는 편이었
고, 수능에서 수리 영역을 포기하면 지원할 수 있는 대학이 줄어
들기에 수학이 싫어도 붙들고는 있었다. 그런데 3월 모의고사에
서도, 4월 모의고사에서도, 틈틈이 푸는 5개년 기출문제집에서도
수학은 늘 3등급이었다.

수학 천재가 아니니 1등급까지는 바라지 않았다. 하지만 수리
영역을 제외하고 나머지 과목들은 잘하면 1등급, 노력하면 2등급
까지 끌어올릴 수 있었는데 수학만큼은 노력의 영역으로 끌어올
리기가 쉽지 않았다. 아무리 해도 안 되니까 오기가 생겨서 6월
모의고사를 준비할 때는 수학만 신경 썼다. 어차피 모의고사니까
다른 과목을 망쳐도 괜찮으니 수학만 점수를 잘 받아 보자는 마음
으로 개념부터 다시 정리하고 문제도 많이 풀었다. 그런데 역시나
는 역시나였다. 또 3등급이었다. '최선을 다해도 안 되는구나.' 그

후로 수학 점수를 올리는 데 더 이상 노력하지 않았다.

　　그런데 수능을 본 지 한 세월이 지난 지금, 수능 문제집을 사서 수학만 다시 풀어 보고 싶다는 마음이 들었다. 서점에 갔더니 소름 돋게도 그 당시에 내가 풀었던 문제집의 브랜드들이 아직도 있었다. 개념서 한 권과 문제풀이집 한 권을 사서 집에 돌아와 한 챕터씩 훑어봤다. 아직도 기억이 나는 공식도 있고, 보자마자 속이 울렁거렸던 기호도 있었다. 학습지 하듯이 하루에 몇 페이지씩 풀었고, 석 달 만에 두 권의 문제집을 마무리 지었다. 한 권의 책을 다 떼면 원래 기분이 좋아야 하는데 왠지 찝찝한 기분이 들었다. 수능을 다시 볼 것도 아니고, 수학과 관련된 직업을 가진 것도 아니고, 점수를 좋게 받는다고 해서 이득 될 것도 없는데. 학교 다닐 땐 선생님이 제발 하라고 귀에 못이 박히게 말해도 외면했던 수학을 왜 이제 와서 재미를 붙여서 이러고 있는지 도무지 모를 일이었다.

　　2020년 도쿄 올림픽에서 김우진 선수가 남자 양궁 개인전 8강전에서 패배한 뒤 나눴던 인터뷰를 우연히 접했다. 우리나라는 양궁 강국인 데다가 양궁 단체전에서 좋은 기량을 보여 금메달을 거머쥐었기에 개인전도 국민들의 기대가 높았다. 김우진 선수는 첫 경기인 16강전에서도 3세트 모두 만점인 10점에 꽂았기에 적어도 메달권이 예상됐었다. 그런데 생각했던 것과는 달리 8강에서 일찍 떨어졌고 기자들의 질문도 날카로울 수밖에 없었다.

"충격적인 결과네요."

어떻게 보면 선수의 기분이 상할 수 있는 물음이었다. 하지만 김우진 선수는 웃으며 받아쳤다.

"이게 충격인가요? 스포츠는 결과가 정해져 있지 않아요. 언제나 바뀌고, 그래서 열광할 수 있는 것입니다. 저는 전혀 충격이라고 생각하지 않아요. 제가 준비해 온 것들을 펼치지 못했다는 아쉬움은 있지만 기분은 좋습니다."

유쾌하게 순간을 넘어갔지만 성적에 대한 공격적인 질문은 다시 들어왔다.

"16강에서는 9발이 모두 10점이었는데, 8강의 마지막 세트 8점은 어떻게 된 건가요?"

웬만하면 9점 밑으로 쏘지 않는 우리나라 선수라 실책을 묻는 것 같은 뉘앙스에도 김우진 선수는 유연하게 답했다.

"오전에는 경기를 잘한 거고, 오후에는 경기를 못한 거예요.(웃음) 8점이 어떻게 된 일이냐 하면…… 제가 쏜 거예요, 8점을. 누군가가 쏜 게 아니니까요. 활시위를 당겨 화살을 쐈고 돌아오지 않았어요. 제가 잘못 쏜 거예요."

그리고 김우진 선수는 마무리 인사를 담담하게 남겼다.

"단체전에서 영광스럽게 금메달을 땄어요. 와이프 될 사람에게 좋은 선물이 될 것 같아요. 개인전이 아쉽지만, 그게 삶이니까요. 어떻게 해피 엔딩만 있겠어요. 올림픽 잘 마쳤고, 잘 끝났습니다. 더 쏠 화살은 없어요. 부족한 것을 다시 채워 나가면서 파리 올림픽을 위해 최선을 다해 준비하겠습니다."

열아홉 살 때 6월 모의고사 성적표를 받아 본 뒤, 나는 크게 실망해서 그 후로 수학을 거들떠도 보지 않았다. 그게 잘못이었다. 안 좋은 결과 뒤에 따라온 고통을 애써 모른 척해서 지금 이 나이까지 무의식 속에 미련이 남아 있었고, 결과가 상관없는 지금에서야 미련을 해소할 용기가 생긴 것이다. 이렇게까지 길게 끌고 올 미련일 줄 알았다면 고통을 외면하지 않았을 텐데. '최선을 다했다'는 건 좋은 결과를 얻기 위해 노력하는 과정뿐 아니라 결과를 받은 뒤의 책임까지 포함하는 것이었다. 결과가 안 좋았을 때 느끼는 슬픔, 속상함, 우울함, 후회 이 모든 감정까지 다 소화해 내야 최선을 다한 것이다.

여러 매체에서 '최선을 다해야 합니다'라는 조언을 적지 않게 볼 수 있다. 나는 '최선'이라는 단어가 '잠을 줄이고, 아프고 힘들어도, 고난과 역경이 있어도'의 대체어로 쓰인다는 느낌을 자주 받는다. 하지만 내 생각은 조금 다르다. 최선을 다하는 것이란 과정 속에서 열심히 노력하고 그 끝의 결과까지 담담하게 받아들일 때 비로소 최선을 다한 것이다. 잘되면 잘된 것만큼 마음껏 기뻐하고, 안되면 그 뒤에 따라오는 아픔까지 직시하는 것. 실패 후의 충격까지 받아들여야 진짜 끝이 나는 것이다. 마지막 장면을 외면하지 않아야 미련 없이 새로운 마음으로 새 출발을 할 수 있으니까.

그러니 안 좋은 결과 앞에서도 의연할 수 있는 연습을 꾸준히 해야 한다. 우리의 삶은 내 뜻대로 되는 날보다 내 뜻대로 안 되는 날이 더 많고, 첫술에 배부르지 못하는 경우가 더 많으니까. '내가 선택한 거고, 내가 한 거야. 이 정도도 충분히 잘했어. 이 이상으로 더 바라는 건 내 욕심인 거지. 마음이 아프다는 건 그만큼 진심이었다는 거니까 어디 한곳에 푹 빠졌던 내 모습을 칭찬해 줄래. 최선을 다했던 기억이 다음에도 열심히 할 수 있는 원동력이 되어 줄 테니까.' 원하던 결과와 마주하지 못한 나를 따스히 안아 주자.

42

나의 타고난 기질을
무시하지 말 것

" 혼자 있으면 안 외로워?"

'기질Temperament'은 사람이 선천적으로 갖고 태어나는 특성이고, '성격Character'은 타고난 기질과 자라는 환경에 따라 형성되는 개인의 품성이다. 기질은 유전적 요인으로 이미 만들어진 선천적 영역이고, 성격은 양육에 따라 만들어지는 후천적인 영역이라고 생각하면 쉽게 이해할 수 있다. 나는 기질은 내향적인데 성격은 외향적인 사람이다. 나의 주 양육자였던 엄마를 닮아 내향적인 사람으로 태어났는데, 엄마는 자신이 내향적인 사람으로 자라서 아쉬움이 많았다고 스스로 표현하던 사람이라 나를 외향적인 아이로 키우려고 하셨다. 어렸을 때부터 발표나 토론 대회도 많이 나가게 하고, 무서운 놀이 기구도 일부러 태우고, 방학 때면 혼자 버스를 태워 서울에 있는 삼촌 댁에 보내고, 태권도 학원과 방송 댄스 학원에도 보내고, 반장·부반장 선거도 나가게 해서 반장이 되었던 적도 많다.

엄마뿐만 아니라 사회에서도 외향적인 사람을 선호하는 분위기가 있었다. 혼자 있으면 왠지 문제가 있거나 어둡거나 능력이 없는 사람으로 바라보는 부정적인 편견이 존재했다. 그런 시선의 주인공이 되기 싫어서 나는 학교라는 곳을 들어갈 때부터 사람들과 있을 때 모두와 잘 어울리려고 행동하고 대화가 끊어지지 않도록 다양한 주제를 던지는 역할을 도맡았다. 그런 나의 노력으로 내가 속해 있는 무리의 분위기가 대부분 좋았는데 이상하게도 내 기분은 좋지 않았다. 시간이 갈수록 피곤해지고 빨리 집에 가고 싶다는 생각만 들었다. 공부나 일을 할 때도 마찬가지였다. 시끌벅적한 교실이나 파티션으로 구분만 되어 있는 개방적인 사무실에서는 도저히 집중이 되지 않았다. 책 한 권을 집으면 그 자리에서 뚝딱 읽어 버리는 나인데 외부의 공간에서는 30분 이상을 집중하기가 어려워서 능력치를 최대로 뽑지 못했다. 그래서 주로 학교가 끝난 뒤 집에서 다시 공부를 했고, 회사에서 퇴근한 뒤 집에서 내일의 업무를 미리 준비해 갔다.

몇 년 전부터 전업 작가로 전향하면서 혼자서 일하는 시간이 많아졌다. 그러다 보니 친했던 사람들도 각자 살기 바빠질 때면 만나는 횟수가 줄어들었고, 어디 나가지를 않으니 새로운 사람을 알아 갈 기회도 점점 줄어들었다. 남들은 이직하면서 인맥도 넓혀 가고, 사이드 프로젝트에서 새로운 친구도 사귀는데 나는 정말로 집 안에 틀어박혀서 일만 했다. 내가 결혼을 한다면 허례허식이 아닌 진심으로 초대할 수 있는 사람이 스무 명도 되지 않을 정도였다. "혼자 있으면 안 외로워?" 주변 사람에게 듣는 단골 질문이다. 혼자서 하면 외롭고, 막막하고, 쓸쓸할 것 같아 보였나 보다. 하지만 그것 또한 편견이라고 말해 주고 싶다.

모두의 예상과는 달리 나는 지금이 가장 행복하다. 일을 하다가 막히면 어떻게 풀어 나갈까 혼자만의 시간을 가지며 나답게 해 나갈 수 있고, 내가 먹고 싶을 때 먹고 내가 자고 싶을 때 자고 내가 일어나고 싶을 때 일어난다. 저 사람은 도대체 왜 저러는지 분석을 하지 않아도 되고, 저 사람은 나에 대해 어떻게 생각하고 있으려나 전전긍긍하지 않아도 된다. 에너지를 오로지 일에만 쏟아부을 수 있는 상태가 내향적인 나에게는 아주 적합한 환경이었다. 그 덕분에 자주 아프던 몸도 건강해졌고, 쾽하던 얼굴에도 생기가 돌아 피부 톤도 맑아졌다. 촌각을 다투느라 곤두서 있던 신경도 내려놓을 수 있어서 성격도 한층 너그러워졌다. 마음속에 화가 가득한 날이 많았는데 지금은 화가 났던 때가 언제인지 기억조차 안 난다.

기질을 연구하는 학자 알렉산더 토마스Alexander Thomas와 스텔라 체스 Stella Chess 는 '조화의 적합성 Goodness of fit'을 강조하였다. 자녀의 타고난 기질과 부모의 양육 방식이 조화를 이룰 때 아이의 발달이 가장 잘 이루어진다는 것이다. 예를 들어, 예민하고 까다로운 기질을 가지고 있는 아이가 있다고 가정하자. 이 아이는 부드럽고 이해심 많고 인내심이 깊은 둥글둥글한 양육자 밑에 있을 때는 문제 행동을 보이지 않지만, 권위적이고 처벌을 일삼고 일관적이지 않은 양육자 밑에 있을 때는 기질이 증폭되어 더 화내고 짜증을 내게 된다. 이처럼 기질과 환경이 조화롭지 못하면 아이에게 부정적인 영향을 미친다.

외향적인 사람이 하루 종일 조용한 사무실에 앉아 컴퓨터만 보고 있는 건 너무나도 비효율적이다. 활동적이고 새로운 상황을 탐구하고 사람과 어울리는 환경에 두어야 자신의 능력치를 최대한으로 끌어올릴 수 있기 때문이다. 넓은 바다를 헤엄치며 대자연을 누려야 할 고래가 좁은 수조 안에 갇혀 있으면 잠재력도 함께 움츠러들 수밖에 없다. 반대로, 내향적인 사람이 하루 종일 바깥을 돌아다니며 사람들과 씨름하고 있는 것 또한 비효율적이다. 조용하고 안전하고 변수가 없는 나만의 공간에 두어야 자신의 능력치를 최대한으로 높일 수 있기 때문이다.

'집에만 있지 말고 바깥에 나가서 사람 좀 만나라/그만 좀 싸돌아다니고 집에 들어앉아 있어라', '무조건 공무원이 최고지!/똑같은 일만 하면 지루하지 않아?', '여러 사람과 함께 일하면 피곤하지 않아?/혼자서 일하면 무슨 재미야?'. 남들이 정해 놓고 말하는 관념에 휘둘리지 말고 자신의 타고난 기질이 무엇인지 들여다보는 게 중요하다. 타고난 기질을 무시하면 그 기질의 부정적인 면이 더 자극되어 성격이 비뚤어질 수 있다. 외향적인 성격과 내향적인 성격, 두 기질은 우열을 나눌 수 없다. 빨간색과 파란색처럼 그저 색깔의 온도가 다를 뿐이다. 내가 가진 색깔로 아름다운 인생을 그릴 수 있도록 나의 기질을 소중히 돌보자.

43

나를 좋아하는 사람도 있고
싫어하는 사람도 있다

"남에게 너를 확인받으려고 하지 않아도 돼."

"일은 힘들어도 견딜 만한데 사람이 힘들게 하니까 못 견디겠어."

평소에 힘든 이야기를 잘 털어놓지 않던 지인 D가 나에게 꺼낸 첫마디였다. 일반 회사에 다니는 사람이었다면 이직 준비나 부서 이동을 권유했을 텐데 공공기관에 다니는 중이라 그런 말조차 꺼내기 어려운 상황이었다. 차라리 일 처리를 잘 못해서 혼나는 거면 자신의 잘못이니 꾹 참고 들어 주겠는데, 다른 외적인 부분으로 못마땅하다는 티를 내니까 어떻게 비위를 맞춰 줘야 할지 모르겠다고 했다.

옷을 단정하게 입으면 젊은 나이에 왜 칙칙하게 입고 다니냐고 하고, 발랄하게 입으면 늙은이들 사이에서 어린 거 티 내냐고 지적하고. 화장을 하면 한다고 뭐라 그러고, 화장을 안 하면 안 한다고 뭐라 그러고. 연애를 안 한다고 하면 청춘이 썩는다고 꼬집고, 연애를 한다고 그러면 나이 찼는데 결혼은 왜 안 하냐고 무슨 문제 있냐 그러고. 배가 조금 나오면 사는 게 편하냐고 비아냥, 다이어트한다고 도시락 싸 오면 유난 떠냐며 비꼰다고 했다.

이러한 환경에 매일 노출되다 보니 여기에 입사하기 전의 자신은 어떤 사람이었는지 기억도 안 나고, 그들에게 인정받지 못하니 자신을 잃어버린 기분이라고 했다. '내가 그렇게 별로인가?', '내가 별난 건가?', '이쯤 되면 내 문제인가?'처럼 매번 자기 탓인 것만 같아 자책하게 된다고 했다. 소주를 들이켜는 D에게 내가 건넨 첫마디는 "남에게 너를 확인받으려고 하지 않아도 돼"였다. 다른 사람이 나에게 어떠한 감정을 내뱉었을 때 그 이유를 '나'에게서 찾으려고 하지 말라고 했다.

"그 사람들이 그렇게 말하는 건 너의 잘잘못과는 상관없어. 네가 잘하면 잘하는 대로 싫어할 거고 네가 못하면 못한다고 더 싫어할 거야. 그게 꼭 너라서가 아니라 인간관계가 원래 그런 거래. 그 사람은 네가 숨만 쉬어도 욕할 사람이야. 그러니 너를 욕하는 그 사람보다 네 옆에서 응원하는 나를 생각하면서 기분 전환했으면 좋겠어."

지금의 D에게 내가 줄 수 있는 최선의 말이었다.

이솝 우화에 〈팔려 가는 당나귀〉라는 이야기가 있다. 아버지와 아들은 장터에서 당나귀를 팔기 위해 당나귀와 함께 이웃 마을로 가고 있었다. 아버지가 아들을 당나귀에 태우고 가자 그걸 지켜보던 사람들이 수군댔다.

"젊은 아들이 당나귀에 타고 늙은 아버지가 걸어가다니 버르 장머리가 없군."

아버지는 아들을 당나귀에서 내리게 하고 자신이 당나귀에 올 라탔다. 그러자 사람들이 말했다.

"어린아이를 혼자 걷게 하다니 참 인정머리가 없군."

그 말을 들은 아버지는 자신과 아들 둘 다 당나귀에 올라탄다. 그러자 "두 사람이나 태우고 가는 당나귀가 가여워"라고 욕을 듣 는다. 결국 두 사람은 내려서 당나귀를 업고 간다. 그 모습을 본 사 람들이 비웃었다.

"사람이 당나귀를 메고 가네. 어리석군."

사람들의 웃음소리에 놀란 당나귀는 발버둥 치다가 강물에 빠 져 버렸다. 결국 아버지는 모두를 만족시키지도 못하고 당나귀도 잃어버렸다.

내가 바닥에 드러누워서 숨만 쉬고 있어도 나를 좋아하는 사 람이 있고, 내가 아무리 예쁜 짓을 해도 나를 싫어하는 사람이 있 을 수 있다. 모든 사람에게 지지를 받는 건 불가능한 일이다. 특히 남 일에 관심 많은 사람이 그룹 중에 꼭 한두 명씩 있는데, 그런 사람들은 나만 욕하는 게 아니다. 다른 자리에 가면 또 다른 먹잇감을 찾아 씹고 뜯고 맛보고 즐긴다. 내 문제가 아니라 그 사람 문제라는 뜻이다. 그러니 '자기 인생이 얼마나 외롭고 심심하면 남한테 관심이 많을까?' 하며 안타까워해 주자. 의지로 조절할 수 없는 인간관계에 고통받기보다는 나를 위하는 사람들만 생각하며 내 기분을 스스로 챙기는 태도가 필요하다.

44

직진이 언제나
정답은 아니다

"천천히 하지 않으면 안 되는 것들도 있더라."

오늘 할 일을 다 끝내고 침대에 누워도 잠들지 못하는 밤이 지속되었다. 눈이 따가울 정도로 몸이 피곤하다고 신호를 보내고 있는데도 정신은 쉬지 못했다. '정말로 내가 다 끝낸 게 맞나?', '조금 더 하면 빨리 마무리할 수 있지 않을까?' 마음 한 켠에 남은 아쉬움에 껐던 불을 다시 켜고 책상 앞에 앉았다. 3시간쯤 더 일하고 나면 서서히 창문의 색이 밝아지고, 그때 베개를 베면 졸려서 자는 게 아니라 지쳐 쓰러져 잠드는 모양새가 된다. 그러면 다음 날 아침이 개운할 리가 없다. 정확히 말하면 아침도 아니다. 해가 중천에 떠서야 잠에서 깬다. 그럼 또 후회한다. '어제 그냥 잘 걸 그랬다.'

처음 수면을 시도했을 때보다 일을 조금 더 한 것은 맞지만, 더하기 빼기를 해 봤을 때 내 정신을 갈아 넣을 만큼의 결과는 아니다. 일찍 자면 일을 덜 하고 잔 것 같아서 죄책감을 느끼고, 늦게 자면 다음 날 컨디션이 망가지니까 후회하고. 결국 나의 조급함이 하루의 만족감을 0으로 만든다. 잘해 보려고 한 건데 결과적으로는 하루를 버린 셈이다.

그런 삶이 반복되다 보니 수면 장애를 얻었다. 불이 꺼진 방에 누우면 내가 아직 하지 못한 일들이 머릿속에 떠다녀 불을 끄고는 잠을 못 잤다. 내가 자고 있을 때 다른 사람이 불을 끄면 잠에서 깰 정도였다. 잠귀가 어두워서 한번 잠들면 기절하듯이 자는 내가 말이다. 빨리빨리 잘해 내고 싶은데 빨리빨리 안 되니까 잠이라도 줄이면 될까 싶어서 해 본 건데, 물리적인 시간이 늘어났어도 효율이 떨어지니 안 하느니만 못했다.

설날에 온 가족이 모인 자리였다. 거실에서 어른들은 다과상을 놓고 각자 사는 이야기를 하고, 안방에서는 사촌끼리 TV를 보고 있었다. 명절 필수 질문인 "요즘 어떻게 지내?"가 나오자, 다음 해에 고등학교 3학년이 되는 나이 차이 많이 나는 사촌 동생이 수능에 대한 고민을 털어놓았다. 3월 모의고사 점수가 곧 수능 점수라는 말이 떠도는데, 공부를 해도 성적이 빨리빨리 안 오르니까 어떻게 해야 될지 잘 모르겠다는 것이었다. 내가 수능 볼 때랑 유형도 많이 달라져서 전략에 대한 조언은 못 해 주지만 이것 하나는 확실했다. 점수는 절대로 빨리빨리 오르지 않는다는 것.

"되게 뻔한 이야기인데, 성적은 계단식으로 오르더라고. 쭉 똑같다가 한 번에 팍 치고 올라가고, 올라간 그 상태에서 또 쭉 유지하다가 한 번에 팍 치고 올라가고. 그래서 시험 점수는 매일매일 조금씩 오른다기보다는 어느 날 갑자기 오르는 것 같아. 틀렸던 문제를 보완하고, 보완하고, 보완해야 등급이 올라가더라고. 내가 느끼기에 시험은 문제를 얼마나 더 맞히냐의 싸움이 아니라 지난번에 틀린 문제를 얼마나 더 안 틀리냐의 싸움인 것 같아. 틀렸던 걸 안 틀려야 등급이 올라. 근데 빨리 점수를 올려야 한다며 조급하게 마음을 먹으면 문제가 안 보여서 틀린 문제는 계속 틀리게 돼.”

대단한 인생 선배인 양 유창하게 조언을 해 줬는데, 갑자기 당황스러운 기분이 들었다. 되돌아보니 나에게도 적용되는 말이라는 걸 깨달았기 때문이다.

직선 위주의 작업물이 유행하던 산업디자인 시장에서 곡선을 중심으로 한 디자인으로 혁신을 일으킨 산업디자인계의 전설 루이지 콜라니 Luigi Colani가 이런 말을 했다. “자연에는 직선이 없다.” 돌이켜 보면 나무, 구름, 새, 빛, 산, 파도, 과일 등등 우리의 자연에는 반듯한 직선이 없었다. 굽이치기도 하고 울퉁불퉁도 하고 우뚝 솟기도 하고 움푹 파이기도 했다. 그런데 나는 자연 속에 살고 있으면서 직선으로 가려고만 했었다. 빙 둘러 가면 손해 보는 것 같았고, 길에 돌부리라도 튀어나와 있으면 웬 걸림돌이냐며 짜증을 냈었다. 자연이 원래 그렇게 존재하는 것인데, 높은 산에 터널을 뚫고 넓은 바다에 다리를 놓을 수 있는 시대에 살다 보니 당연한 걸 당연하게 받아들이지 못했다. 늘 매끄럽기만 바랐던 건 내 욕심이었다.

세상은 항상 '빨리빨리'를 외친다. 빨리 성공해야 돼, 빨리 돈을 벌어야 돼, 빨리 합격해야 돼, 빨리 가야 돼, 빨리 승진해야 돼, 빨리 대답해야 돼. 하지만 우리의 삶에서 천천히 하지 않으면 안 되는 것들이 있다. 자전거를 타고 내리막길을 내려갈 때, 차가운 수영장에 들어갈 때, 신호가 바뀐 뒤 횡단보도를 건너갈 때, 뜨거운 음료수를 마실 때, 빗길에서 운전할 때. 그런 순간에 빨리빨리 직진만 외치면 내 몸이 상하고 만다.

잘하고 싶은데 어떻게 해야 잘할 수 있는지 몰라 답답한 상태였는데, 직진이 언제나 정답이 아니라는 걸 알고 나니 한결 마음이 가벼워졌다. 잘 안 풀릴 땐 적당히 여유를 부리며 답답한 시기를 지혜롭게 넘길 줄 아는 자연 같은 사람이 되기로 했다. 내 몸이 수면 위로 떠오를 수 있도록 몸에 힘을 빼고 물 흐르듯이 자연에 맡겨야겠다.

45

같은 세상에서
다른 인생을 산다

" 뭘 어떻게 열어. 그냥 여는 거지. "

'나도 유튜브나 해 볼까?' 이게 요즘 사람들 사이에서 유행어라고 한다. 나도 그 유행에 뒤처질 수는 없어서 남들처럼 채널 이름도 생각해 보고 카메라는 뭐 살지 검색도 해 보고 영상 편집도 알아봤다. 그런데 막상 카메라를 사려고 하니까 이거 될지 안 될지도 모르는데 100만 원을 덜컥 쓰는 건 아닌 것 같다는 생각이 들었다.

다른 유튜버의 영상을 보면 일단 집 인테리어부터가 우리 집과는 차원이 달랐고, 영어 자막에 유료 음원까지 사용하는데 '그들 사이에서 내가 살아남을 수 있을까?' 하는 생각에 자신감이 떨어졌다. 지금도 하고 있는 일 때문에 버거워하면서 무슨 유튜브를 해? 지금도 피곤해 죽으려고 하면서 무슨 유튜브를 해? 지금도 주말에 빈둥거리고 쉬기 바쁘면서 무슨 유튜브를 해? 안 그래도 레드오션 Red ocean 이라 기존 유튜버들도 구독자 대비 조회수가 떨어지는 채널이 많은데, 특출한 것 하나 없는 내가 감히 그런 곳에 뛰어든다는 건 맨땅에 헤딩하는 것과 다르지 않았다.

몇 달 뒤 새로운 동네로 이사해서 친구들을 초대해 집들이를 했다. 중학생 때부터 친했던 친구들이 놀러 와서 자신의 근황을 전하는데, 한 친구로부터 놀라운 소식을 들었다. 이번에 이직한 회사에서 맡고 있는 업무가 '개발자'라는 것이었다.

이 친구는 고등학교를 문과로 지원해 대학교는 유아교육과에 들어갔다. 학교에서 몇 번 실습을 나간 뒤에 이 길은 내 길이 아니라고 판단했는지 갑자기 중국으로 유학을 떠났다. 중국과 대만 드라마를 좋아하다가 중국어에 관심이 생겼는데, 중국어에 대한 니즈Needs가 높았던 시기라 이걸 스펙으로 남겨 두면 좋을 것 같아서 2년 정도 다녀온다고 했다. 그런데 한국에 돌아와서는 공부한 걸 살리지 않고 언어와는 전혀 딴 세상인 웹디자이너로 취직을 했다. 작은 회사라 어쩔 수 없이 업무 범위가 넓어져 디자인 일을 하면서 간단한 개발 업무까지 맡게 되었다고 한다. 여러 개발 언어를 배우며 프로그래밍을 하던 친구는 갑자기 개발에 재미를 붙여 잘 다니고 있던 회사를 퇴사한 뒤 프로그래밍 학원을 등록했다. 나와 같이 뼛속까지 문과 DNA를 가지고 있는 친구라 학원을 몇 달 다니다 그만둘 줄 알았는데 기어코 개발자가 되었다는 소식에 나뿐만 아니라 다른 친구들까지 눈이 동그래졌다. 컴퓨터학과를 졸업한 대학교 동기들도 개발 쪽으로 취직을 하는 건 쉬운 일이 아니었는데, 십몇 년을 돌고 돌아 자신의 진짜 직업을 찾아냈다.

놀라움이 가신 지 채 얼마 되지도 않았을 때 아는 오빠와 둘이서 밥을 먹을 기회가 있었다. 그는 사회복지학과에 들어가 사회복지사 자격증까지 땄는데 부모님의 만류에도 불구하고 사무직으로 일반 회사에 취직했다. 그런데 그의 뜬금없는 말에 사레가 들뻔했다.

"나 곧 전시회 여니까 와서 보고 가!"

평범하게 월급 받는 일반인이 전시회를 연다고 하니까 그게 가능한 건가 싶었다.

"전시회를요? 오빠 미대 다녔어요?"

"아니? 나 사회복지학과 나온 거 알잖아."

그 말에 더 의문이 쌓였다.

"아니, 그런데 어떻게 전시회를 열어요?"

그는 그게 무슨 대수냐는 듯 덤덤하게 대답을 주었다.

"뭘 어떻게 열어. 그냥 여는 거지. 돈 내면 전시회장 빌려줘."

그 무심함에 나는 뒤통수를 한 대 맞은 기분이었다. 가능과 불가능은 종이 한 장 차이구나.

진기주 배우가 한 프로그램에 나와서 자신이 이직했던 스토리를 이야기해 줬다. 어렸을 때 기자의 꿈이 있었지만 성적에 맞춰서 대학교를 컴퓨터공학과로 들어가게 되었고, 졸업 후 대기업 공채 사원으로 합격했지만 3년 만에 퇴사했다. 그러다 강원 민영방송 기자로 이직을 했으나 수습 기간 3개월 후 퇴사하고 슈퍼모델 선발대회에 나가서 수상을 했고, 그 후부터 본격적으로 연기자 오디션을 보러 다녔다고 한다. 그때 나이가 20대 후반이었는데 오디션을 볼 때마다 듣는 말이 '나이가 많다', '그동안 뭐 했는데 이 나이에 첫 오디션을 보냐'였다고 한다. 그녀는 그런 차가운 질문에 이렇게 변론했다고 한다.

"연기에는 나이가 상관없잖아요. 70세, 80세에도 연기를 하는 건데. 캐릭터가 아기부터 노인까지 다 있는데 연기에 나이가 무슨 상관이에요?"

내 앞에는 항상 선이 그어져 있었다. 나이가 차서, 전공이 달라서, 스펙이 없어서, 현업에 치여서, 시간이 부족해서, 돈이 많이 들어서. 그 선을 한 발자국 넘는다고 해서 누가 잡아가는 것도 아닌데 나 스스로가 무한한 가능성을 가로막고 있었다. *왜 '시작'에 항상 핑계가 있었을까? 핑계보다 중요한 게 더 많이 있는데 말이다.*

내가 너무 바보 같았다. 그냥 하면 되는 거였는데. 우리는 같은 세상에서 다른 인생을 살고 있었구나. "이것만 있었으면 잘되었을 것 같은데", "저것만 없었으면 실패하지 않았을 텐데". 변명은 그저 허상일 뿐인데 그 뒤에 늘 숨어 살았던 것 같다. 내가 진심으로 했다면 그런 변명 같은 건 존재할 틈이 없었을 텐데, 온갖 이유들에 나약해져서 도전을 망설였다.

핑계에 잡아먹히는 내가 되지 않기로 했다. 해 보고 싶으면 그냥 해 보자. 그것이 더 넓은 세상으로 넘어가는 열쇠가 될 것이다.

46

파도는
항상 똑같이 오지 않는다

" 그렇게까지 좌절하지 않아도 돼. "

다른 지역으로 이사를 가는 것으로 결정이 나서 8년 동안 살았던 집을 떠나야 했다. 살아온 세월이 기니 짐도 많아서 미리 정리해야 했다. 그중 버릴 것이 가장 많을 것으로 예상되는 공간이 책장이었다. 학교에서 나눠 준 회색의 프린트물, 수학 오답 노트, 과목별 수능 특강 문제집, 대학교 새내기 시절에 멋모르고 샀던 두꺼운 전공 서적들, 스프링으로 제본된 PPT 수업 자료, 토익 기출문제집, 자격증 수업 교재……. 천장 높이까지 올라가는 네 칸짜리 책장을 가득 채우고도 자리가 부족해서 책장 앞 바닥까지 쌓여 있었다.

그 시절에는 졸린 눈을 비벼 가며 공부하는 게 괴로워서 빨리 회사 가고 싶다는 생각만 가득했는데, 막상 회사에 들어가 돈을 버니 책상에 앉아 공부만 하던 그때가 추억이다 싶었다. 문득 감상에 젖어 예전에 풀었던 문제집을 스르륵 펼치며 훑어봤더니, 그곳에 무조건 잘될 거라는 패기를 가지고 있으면서도 막연한 미래에 한없이 불안해했던 어린 날의 내가 있었다. 빼곡히 써 있는 글씨, 문제 번호 옆에 빨간색 색연필로 그은 빗금, 깨알같이 쓴 "이거 또 틀리면 아메바." 그때 그 시절에는 이런 문제집만 들여다보며 살았었지. 긴가민가했던 문제를 맞히면 세상 다 가진 듯 기뻐했었고, 틀렸던 문제를 또 틀리면 세상이 무너진 것처럼 좌절했었는데. 과목 점수를 낮게 받은 것 때문에 평점이 깎여서 취업이 안 되면 어떡하나 눈물을 흘렸고, 해도 해도 안 오르는 토익 점수에 '내가 어떻게 대학교에 들어왔지?' 하며 어이없어했고. 10대부터 20대 중반까지는 치러야 하는 시험이 많아서 어쩔 수 없이 문제의 노예가 될 수밖에 없었다. 한 문제 때문에 대학교 이름이 바뀌고, 성적 장학금이 결정되고, 지원할 수 있는 회사의 폭이 다양해지니까.

한 문제에 목매던 그 시절의 나에게 지금의 내가 가장 해 주고 싶은 말은 "그렇게까지 좌절하지 않아도 돼"이다. 지금은 우물 속에 있으니 하나의 문제가, 한 번의 시험이, 한 학기의 성적이 마치 내 인생의 당락을 결정짓는 어마어마한 대상처럼 느껴지겠지만, 우물 밖으로 나오면 아주 긴 선을 잇는 수많은 점 중 하나일 뿐이라고. 물론 문제를 맞히고, 시험에서 합격하고, 성적을 잘 받으면 원하는 곳에 쉽게 갈 수 있겠지만, 그러지 못했다고 해서 돌파구가 없는 건 아니라고. 가볍게 훌훌 털어 내고 일어나도 되는 일이고, 그때 틀린 문제가 네 인생에 큰 영향을 미치지도 않으니 죄책감 가지지 말라고. 그러니 조금만 속상해하고 활짝 웃으라 말해주고 싶다. 앞으로 볼 수 있는 벚꽃도 길어야 50번인데, 부지런히 예쁜 것만 보고 예쁜 생각만 해도 짧은 인생이니까.

2020년 도쿄 올림픽에서 남자 서핑 결승전이 열리던 때, 하필 태풍의 영향으로 파도가 매우 거세고 바닥에 있는 부유물도 많이 올라온 상태였다. 경기 시작부터 보드가 부러지기도 하고, 파도를 고르는 데 시간이 걸리기도 했다. 당시 해설을 담당한 서핑 국가대표팀 감독 송민은 이렇게 말했다.

"서핑계에서 가장 많이 쓰는 말 중에 '똑같은 파도는 절대 오지 않는다'가 있어요. 현재 경기가 펼쳐지고 있는 지바현의 쓰리가사키釣ヶ崎 해변은 저도 몇 번 방문을 해 봤는데, 파도가 좋았던 적이 없었던 것 같아요. 지금과 비슷한 상태였었죠. 여건이 안 좋다고 해서 선수들이 불평할 필요는 없다고 생각합니다. 지금 두 선수가 똑같은 상황을 접하고 있고, 상황을 감안해서 심사위원들이 점수를 부여하고 있으니까요. '주어진 상황에서 최대한 열심히 해야 한다.' 이게 서핑과 인생의 닮은 점이 아닐까 싶습니다."

원하는 대학에 못 갔더라도 다른 방법으로 유리한 스펙을 쌓아 취직 준비를 하면 되고, 좋은 회사에 못 갔더라도 다른 방법으로 능력을 입증해서 이직을 하면 된다. 그럼에도 나를 아무도 알아주는 이가 없다면 프리랜서로 마음껏 날아다니면 되고, 여러 제도를 통해 지원받아 창업을 해도 된다. 요즘은 꼭 공부만이, 회사만이 답이 아닌 시대이다. 주어진 상황에서 최대한 열심히 하면 길은 언제든지 열리고, 때로는 내가 새로운 길을 만드는 인물이 되기도 한다. 나는 그 이치를 몰라 틀릴 때마다 바닥을 뚫고 좌절을 해서 그게 트라우마로 남았는지 스트레스를 받거나 조급한 상황일 때 시험에 늦는 꿈, 교실 못 찾는 꿈, OMR 카드에 마킹 잘못하는 꿈을 아직도 꾼다. 배움의 즐거움을 알아 갈 나이에 좌절만 배운 결과이다. 그러니 그 시절의 나와 똑같은 순간을 살고 있는 이들에게 꼭 말해 주고 싶다. 그렇게까지 좌절하지 않아도 된다고.

47

내 안에 붙여진
라벨을 떼어 낼 것

" 옷은 사이즈만 맞게 입으면 되는 거야.
천 쪼가리랑 낯가리지 마. "

괌으로 여행을 가기로 했는데 기존에 있던 수영복이 해져서 새로운 수영복이 필요했다. 지금까지 입었던 수영복은 한국인들이 사랑한다는 긴팔과 반바지 조합의 래시가드였다. 해외에 나가서 래시가드를 입으면 100m 밖에서 봐도 한국인으로 알아본다는 말이 있을 정도였다. 가릴 곳은 가려 주고 살릴 곳은 살려 주니 한국인에게는 대체 불가 상품이었다. 하나의 수영복을 오래 입기도 했고, 수영장에 가면 너무 흔하게 보이기도 해서 이참에 조금은 개성 있는 수영복을 구입하면 좋겠다는 생각이 들었다. 집 근처 쇼핑센터에 가서 매장을 둘러보는데 생각보다 선택지가 넓지 못했다. 전형적인 래시가드 아니면 적나라한 비키니였다. 무늬와 색깔만 달랐지 나눠지는 큰 틀은 비슷했다.

그러다 한 스포츠 브랜드 매장에 들어갔는데 래시가드와 비키니 딱 그 사이에 있는 수영복을 발견했다. 갈비뼈까지 내려오는 짧은 반팔 티 모양의 상의에 배꼽 위까지 올라오는 하이웨이스트 하의였다. 디자인도 예쁘고 라인도 살려 주고 아랫배도 꽉 잡아 주는 완벽한 수영복이었는데 딱 2%가 아쉬웠다. 하의가 비키니처럼 엉덩이 노출이 많이 있는 편이었다. '이걸 밖에서 입고 다닐 수 있을까?' 하는 걱정이 들었다. 탈의실에서 나와 전신 거울 앞에 서니 두툼하고 하얀 허벅지가 가장 먼저 눈에 들어왔다. '이런 몸뚱이가 과감한 노출을 한다면 사방에서 눈초리를 받을 거야.'

다시 탈의실로 들어가 옷을 갈아입고 나온 뒤 매장을 나섰다. 함께 쇼핑을 갔던 친구 E가 수영복이 마음에 들지 않냐고 물었다.

"예쁘긴 한데 노출이 심해서 허벅지가 부각되어 보여. 나 허벅지 튼실한 거 알잖아. 내 몸뚱이는 저런 거 입으면 안 돼. 사람들이 속으로 욕해."

E는 나의 왼쪽 어깨를 찰싹 때리며 아까 입어 본 수영복을 사러 들어가자며 나를 재촉했다. 어차피 사도 살이 걱정되어서 못 입을 것 같다고 하자 E는 미간을 찌푸리며 내 생각을 고쳐 줬다.

"네 다리가 연예인급이면 더 예쁘겠지. 애플힙에 쭉쭉 빵빵이면 더 좋겠지. 근데 그게 아니라고 해서 못 입을 건 또 뭐야. 입으면 안 되는 몸이라는 게 어디 있어? 마음에 들면 입는 거지. 그거 다른 사람이 손가락질하는 게 아니라 네가 네 자신한테 손가락질하고 있는 거야."

E는 다시 물었다.

"너 상의는 44 사이즈 입는다며. 하의는 몇 입는데?"

나는 줄곧 27 사이즈를 입어 왔다고 답했다.

"그거면 평균이야, 평균! 너 상체에 비해 하체가 통통해 보이는 건 맞는데, 그건 상체가 말라서 그런 거지 하체가 살쪄서가 아니라니까. 하체가 통통하다고 이미 생각이 굳어 있으니까 몇만 원짜리 옷 입는 것마저도 이렇게 제한적이잖아. 내가 다시 적어 줄게. 옷은 사이즈만 맞게 입으면 되는 거야. 천 쪼가리랑 낯가리지 마."

친구의 성화에 못 이겨 결국 그 수영복을 샀다. 그리고 곧바로 가자마자 꺼내 입었다. 탈의실에서 수영복을 갈아입을 땐 민망하고 죄짓는 것만 같았는데 바깥으로 나오니 생각보다 살갗이 보이는 게 자연스러운 풍경이었다. 다른 사람들 모두 자기만의 예쁘고 멋진 수영복을 뽐내며 놀기 바빴지 내 허벅지에는 아무도 관심을 갖지 않았다. 또, 여행을 같이 간 친구가 사진을 찍어 줬는데 사진 속 내 모습이 썩 나쁘지 않았다. 물론 다리가 길게 나오도록 사진을 잘 찍어 준 친구의 덕도 있겠지만.

'라벨링 Labeling'이란 어떤 사람에게 라벨을 붙이면 거기에 적힌 내용을 의심하지 않고 그대로 믿어 버려 생각이 고정되는 것을 의미한다. 예를 들어, 어떤 사람과 대화를 하는데 그 사람이 지치고 힘든 이야기만 꺼낸다고 하자. '쟤는 너무 우울한 사람 같아. 어두침침해'라는 라벨이 그에게 붙여졌다. 며칠 뒤 그를 다시 만났는데 표정이 잔뜩 굳어 있어서 "오늘 우울한 일 있었어?" 하고 물었다. 사실 상대방의 기분은 좋았고 단지 멍하니 있었을 뿐인데 웃고 있지 않다는 이유만으로 '쟤 또 우울하구나' 하고 판단해 버린 것이다. 이것은 타인에게도 적용되지만 자신에게도 적용된다. "나는 수학에는 영 소질이 없어", "내 허리는 너무 통짜야", "나는 말재주가 없어". 이런 라벨이 붙으면 그 내용 때문에 시선을 왜곡해서 보거나 나아질 수 있는 가능성을 원천 봉쇄해 버린다.

사춘기 시절에는 조금 통통한 체격이었다. 그때도 상체는 또래 평균의 사이즈였지만 하체는 통통했었다. 어느 여름날, 교실 창가에서 여자애들이랑 나란히 서서 창밖을 보고 있었다. 그런데 반에서 좀 짓궂은 편에 속하는 남자애가 "헐, 조유미 다리 완전 무다리다"라고 소리를 쳤던 적이 있다. 상처받은 티를 내면 괜히 지는 기분일 것 같아서 무시했지만, 그 한 문장이 10년 넘게 마음속 깊은 곳에 남아 나를 제한하고 있었다. '아, 중학생 때의 내 안에 너무 갇혀 있었구나!' 지금은 그때보다 살도 빠지고 키도 커서 예전과 같지 않은데도 이미 붙여진 라벨이 거울 속의 나를 왜곡시켜 보여 주고 있었다.

오랫동안 한가운데 붙어 있던 라벨을 이제는 떼어 내기로 했다. 무다리이든 아니든 그런 건 전혀 중요하지 않으니까.

48

안 된다는 건
누가 정할 수 있는 걸까?

"안 되는 걸 알면서도 붙잡고 있는
내가 너무 비참해."

임용고시를 준비하던 지인 M은 4년째 고배를 마시는 중이었다. 같은 학교 동기들은 하나둘 합격해서 부모님의 자랑이 되었는데, 자신은 나이가 찼는데도 부모님 집에 얹혀사니 눈치가 보인다고 했다. 주위 사람들도 처음에는 "임용고시가 어려우니 한 번에 붙는 게 이상한 거지. 몇 번 떨어져도 돼"라고 응원해 주었지만, 이제는 자신의 눈치를 보느라 시험의 '시' 자도 꺼내지 못하고 뒤에서 "몇 년째 시험 보는데도 아직이래?"라며 수군거린다고 했다. 그래서 어차피 안 되는 거 그냥 학원 강사를 해야 하나, 사립 학교로 취직을 해야 하나 기로에 서 있다고 했다. M이 공부도 제대로 안 하고 가능성도 없어 보였다면 아쉬워하지 않았겠지만, 매번 간당간당한 점수로 떨어졌다는 걸 알기에 포기를 권유할 수는 없었다.

　　　"야, 안 되는 건 누가 정하는 거야? 시험 점수가? 아니면 면접관이? 물론 그 둘이 합격과 불합격을 결정짓기는 하지만 그건 그때 시험뿐이야. 내가 죽어도 하겠다고 머리 들이밀고 하면 결국엔 되는 거고, 지레 겁먹고 그만두면 결국엔 안 되는 거야. 왜냐? 안

하니까 안 되는 거지."

그날 혼자서 소주 한 병을 다 마시고 각성한 M은 열심히 공부했고 임용고시 도전 5년 차에 합격의 기쁨을 누릴 수 있었다.

동료 L이 두 번째 책을 냈다는 소식을 들어서 책을 구입한 후 L에게 사인을 받으러 갔다. 먼저 도착한 식당에서 갈비탕 두 그릇을 주문해 두고 음식이 나오기를 기다리며 그동안의 출간 작업을 메신저로 공유하는데, 마지막 말풍선이 "안 되는 걸 알면서도 붙잡고 있는 내가 너무 비참해. 세 번째 책 계약은 안 하려고"로 끝났다. 첫 번째 책이 망해서 두 번째 책은 심혈을 기울여 썼는데도 초판 1쇄를 다 팔지 못해 치킨 값도 안 나오니 좌절 그 자체라고 했다. '다 잘될 거야' 하면 너무 성의 없는 위로이고, '그거 참 안됐네' 하면 비꼬는 것 같고. 어떤 말을 해 줘야 꿈을 포기하지 않을까 고민하다가, L이 현실적인 문제로 고민하니까 현실적인 개선 방안을 제시해 주는 게 좋겠다는 결론이 났다.

"안 되더라도 책을 10권까지는 내 봐. 그 정도 내면 각각의 책이 덜 팔려도 종합적으로 모이면 기본 생활 정도는 할 수 있을 금액이 된대. 그리고 지금은 팬층이 두텁지 않지만 성실하게 꾸준히 내면 네 이름만 보고도 책을 사 주는 독자님이 생기고, 그분들이 모여 모여 베스트셀러를 만들어 주신대."

　세 번째 책은 절대로 없을 거라던 L은 다른 출판사와 원고 계약을 진행했고, 그 책은 출간한 지 일주일 만에 베스트셀러에 올라 한 달 만에 2쇄를 찍는 장족의 발전을 이루어 냈다.

　우리가 흔히 알고 있는 '지능지수IQ'와 '감성지수EQ'처럼 인간에게는 '역경지수AQ: adversity quotient'라는 것도 있다고 한다. 커뮤니케이션 이론가 폴 스톨츠Paul G. Stoltz가 주장한 이론인데, 개인이 역경을 극복해 내는 능력을 지수화한 것이다. 그는 AQ를 등산하는 사람의 태도에 비유하여 3가지 유형으로 설명했다.

　첫 번째 '퀴터Quitter'는 '포기하는 사람'이라는 의미로 어려운 코스가 나타나면 포기하고 하산을 해 버리는 사람이다. 두 번째 '캠퍼Camper'는 '안주하는 사람'이라는 뜻으로 등산을 하다가 힘들면 천막을 쳐서 그 자리에 머물러 버리는 사람이다. 마지막 '클라이머Climber'는 '정복하는 사람'이라는 의미로 아무리 힘들어도 산 정상에 올라가 결국에는 정복해 버리는 사람이다. 퀴터는 AQ가 가장 낮은 사람, 캠퍼는 중간, 클라이머는 가장 높은 사람이다.

　'태산이 높다 하되 하늘 아래 뫼이로다.' 조선시대의 문인 양사

언楊士彦이 지은 시조의 한 구절이다. 아무리 높고 험준한 산이라도 내가 넘어서고자 하는 의지가 있다면 못할 것이 없다. 안 되는 걸 알면서도 붙잡고 있는 것만큼 괴로운 것이 없다고들 한다. 그러나 '안 된다는 건' 누가 정할 수 있는 걸까. 부모님? 선생님? 아니면 판사님? 내가 손을 놓기 전까지는 그 누구도 결정할 수 없다.

잘 안 되는 걸 계속 붙잡고 있는 게 괴로운 이유는 '안 되는 일'이라고 내 마음속에서 이미 정해 버렸기 때문이다. 언젠간 된다고 생각하면 즐겁게 할 수 있을 텐데 말이다. 어떤 역경이 내 앞을 가로막아도 그 역경마저 끝내 정복해 버리는 클라이머가 되자. 안 되는 건 없다.

49

우리는
시간을 빌려서 산다

" 이 세상에 내 것은 없어. 다 빌리는 거야.
내 것이라고 생각하니까 힘든 거야. "

아빠는 나에게 공수표를 자주 던지는 사람이었다. "뭐 갖고 싶은 거 있으면 말해, 아빠가 사 줄게", "놀러 가고 싶은 데 있으면 말해, 아빠랑 같이 가자", "하다가 안 되면 말해, 아빠가 대신 해 줄게". 하지만 그 말들의 대부분이 지켜지지 않았다. '해 주고 싶은 것'과 '해 줄 수 있는 것'은 엄연히 다른데 아빠는 딸이 너무 예쁘니까 마음만 앞서서 말부터 뱉고 만 것이다. 어린 딸에게 악의적으로 거짓말을 한 게 아니라는 걸 이제는 이해하지만, 그걸 이해할 수 있는 나이가 될 때까지 참 많은 상처를 받았다. '실망'이라는 단어를 몸소 배웠으니 말이다. 그러한 성장 배경 때문에 나는 '희망'이라는 단어를 죽도록 싫어했다. 기대하지 않으면 상처받을 일도 없는데 희망이라는 것이 꼭 사람을 기대하게 만들어 놓고 결국엔 울게 만드니까.

많은 사람에게 노출되는 작가로 지내다 보니 기대가 나쁘다는 걸 알면서도 자꾸만 기대하게 되었다. '곧 있으면 신간 홍보 들어가는데 사람들이 책 많이 읽어 주면 좋겠다', '내 책이 베스트셀러 1위 해 봤으면 좋겠다', '인증 샷이 많이 올라왔으면 좋겠다', '이 벤트 참여 많이 해 주면 좋겠다'. 모든 소리를 차단하고 혼자 방에 박혀서 노트북 화면만 보며 원고를 쓸 때 '이 글이 사랑받았으면 좋겠다' 하는 기대가 따라붙는 건 어쩔 수 없는 심리였다. 하지만 세상은 마치 이런 나를 놀리기라도 하는 것처럼 상상했던 결과를 가져다주지 않았다. 더 이상 실망하기 싫어서 이제부터는 잘될 거라고 확신하지 말아야겠다고 다짐하지만, 그러한 확신이 없는 글을 세상 밖으로 내보낼 수는 없는 일이었다. 그래서 매번 확신하고 실망하고, 확신하고 실망하고 반복을 연속하는 삶이 되어 버렸다.

책 읽는 걸 누구보다 사랑하시고, 나의 작가 생활을 누구보다 응원해 주는 외할아버지에게 이런 질문을 던진 적이 있다.

"할아버지, 기대를 안 해야 되는데 기대를 자꾸 하게 돼. 모두가 내 글을 좋아해 줄 수 없다는 걸 머리로는 안다? 근데 모두가 내 글을 좋아해 줬으면 하는 마음이 자꾸 생겨. 글 쓰는 건 하나도 안 힘든데 기대하는 게 너무 힘들어."

작가로서 가장 큰 고충이 글 쓰는 게 아니라 기대하는 거라니. 얼마나 어이가 없는 일일까. 하지만 외할아버지는 어린 손녀의 고민을 비웃지 않고 베고 누울 수 있는 무릎을 내어 주셨다.

"이 세상에 내 것은 없어. 다 빌리는 거야. 내 것이라고 생각하니까 힘든 거야."

외할아버지의 말이 잘 이해가 가지 않았다.

"내가 쓴 글인데 왜 내 것이 아니야? 빌리는 건 어떻게 빌리는 건데?"

외할아버지는 긴 시간을 살아 낸 사람만이 줄 수 있는 조언을 해 주셨다.

"옛날에 돈 너무 아끼는 사람한테 그런 말을 했었어. 그거 아껴서 죽을 때 노잣돈으로 싸 갈 거냐고. 돈이니 명예니 권력이니 하는 것도 목숨 앞에 장사 없는 거야. 인간은 세월을 빌려서 행복을 누리다 가는 거지 영원히 쥐고 있는 건 없어. 잘되어도 결국에는 두고 가야 될 것들이라 생각하면 연연하지 않게 된단다. 빌리고 두고 가야 되는 거라면 굳이 많이 가지지 않아도 되는 거니까."

미국 캘리포니아의 소도시 포트 브래그에 위치하고 있는 글래스 비치Glass Beach, 유리 해변는 한때 쓰레기 매립지였다. 각종 생활 쓰레기와 가전제품, 심지어 자동차까지 그곳에 버려졌다. 그렇게 수십 년 동안 쓰레기로 가득 차다가 환경 오염이 심각해지자 1960년 대부터 정부에서 쓰레기 버리는 행위를 금지하고 청소를 시작했다. 대부분의 쓰레기를 치우긴 했으나 깨진 유리 조각들까지 완전히 골라내기는 어려워서 지역을 봉쇄한 뒤 해변을 방치시켰다.

그런데 50년 정도 지난 뒤 해변을 가 보니 믿기지 않는 광경이 펼쳐져 있었다. 날카로웠던 유리 조각들이 오랜 시간 동안 수만 번의 파도와 부딪쳐 조약돌이나 유리구슬처럼 매끄럽게 다듬어진 것이다. 형형색색의 보석이 흩뿌려져 있는 것처럼 보이는 글래스 비치는 관광객의 발걸음이 끊이지 않는 명소가 되었다.

사람이기에, 사람이라서, 사람이니까 노력의 대가를 기대하지 않는 건 결코 쉬운 일이 아니다. 하지만 아무도 모르는 내일의 결과에 너무 큰 기대를 건다면 실망은 자연스럽게 따라오는 수순이 될 것이다. 글래스 비치를 관광지로 만들어야겠다는 생각으로 임했다면 지금과 같은 명성은 얻지 못했을 것이다. 빨리 결과물을 내야 하는데 50년이라는 시간을 마냥 기다릴 수는 없으니 괜히 인위적으로 건드려서 앞당기려고 했을 것이다. 하지만 오롯이 자연의 순리에 맡겼기에 수만 번의 파도가 작품을 빚어낼 수 있었고, 쓰레기 매립지였다가 유리 해변으로 탈바꿈한 스토리까지 매력적이게 보이는 것이다.

이루어질 일이라면 언젠가는 이루어진다. 될 사람이라면 언젠가는 된다. 그러나 시시때때로 찾아오는 파도에 일희일비한다면 꿈이 이루어지기 전에, 뭐라도 되어 보기도 전에 제풀에 지쳐 나가떨어지고 만다. 우리는 세월에 의지해서 사는 것이고 내가 아무리 많은 걸 얻어도 결국에는 두고 가야 될 것이라 여기면, 절대로 놓치기 싫어서 안간힘을 쓰며 꽉 쥐고 있던 주먹도 가볍게 펼 수 있게 된다. 인생은 왔다 가는 것임을 받아들인다면 성공했다고 해서 오만해질 이유도 없고, 실패했다고 해서 실망할 이유도 없다.

50

격정을 하지 않아도
되는 이유

"외지인인가 보다."

명절에 고향인 통영에 내려가면 '통영대교'를 항상 지나가는데, 그 지점이 유독 경적이 많이 울리는 장소이다. 차량 통행도 많은 구간인 데다가, 삼거리이다 보니 좌회전이며 우회전이며 끼어들기도 많고, 차선을 바로 옮겨야 목적지에 맞는 다음 신호를 받을 수 있어서 꽤 심혈을 기울여 운전해야 한다. 평소에는 날카로울 일이 전혀 없는데 명절만 되었다 하면 '왜 저렇게 운전하지?' 싶을 만큼 매너 없는 운전자를 만나곤 한다. 안전에 위협을 받으니 나는 순간적으로 욱하고 짜증이 올라오는데, 통영에 살고 있는 가족과 친척은 담담하게 한마디를 내뱉으며 넘어간다.

　　"외지인外地人인가 보다."

　　고향 사람이 아니다 보니 길을 잘 몰라서 갈팡질팡하다가 저렇게 끼어드는 것 같으니 우리가 이해하자는 의미였다.

　　사회에서 살다 보면 내 인생에 매너 없이 끼어드는 운전자들이 많다. 갑자기 회사에 일이 터진다거나, 별일 아닌 걸로 시비를 건다거나, 늘 하던 대로 한 것뿐인데 어긋난다거나. 내 마음 같지 않은 하루에 온 신경이 곤두선다. 10대와 20대를 보낼 때에는 그런 끼어들기에 날카롭게 반응했었다. '왜 안 되지?', '왜 저러지?', '어떡하지?' 하는 걱정이 늘 앞섰다. 맨날 걱정만 하다가 30대의 문턱에서 걱정의 원리를 깨닫게 되었는데, 그 후로는 걱정하는 습관이 반으로 줄었다. 온전히 내 힘으로 해결할 수 있는 일이었다면 애초에 걱정을 하지 않았을 거라는 것. 걱정되는 일이라는 건 어차피 내 힘으로 어찌할 수 있는 게 아니니 굳이 머리 싸매고 집착할 일이 아니라는 것. 이것이 내가 찾은 '걱정을 하지 않아도 되는 이유'였다.

라디오 프로그램에서 김창완 디제이가 사연을 들은 뒤 손편지로 답변을 해 주는 코너가 있었다. 청취자는 뼈가 드러날 정도로 살이 빠져서 고민인데, 스트레스 안 받고 직장 생활을 할 수 없겠냐고 물었다. 김창완은 사연을 듣고서 작은 종이에 47개의 동그라미를 연달아서 그렸다. 반듯하게 그려진 동그라미도 있지만 그건 몇 개 되지 않았고, 나머지 동그라미들은 찌그러지거나 선이 이어지지 않거나 흐릿하게 그려져 있었다. 그 동그라미들에 대해 김창완은 이렇게 말했다.

"살이 너무 빠지는 건 너무 예민하시거나 완벽주의여서 그런 것 같아요. 세상살이라는 건 자로 잰 듯 떨어지지 않습니다. 여유롭게 생각하세요. 여기 있는 47개의 동그라미 중에 2개의 동그라미만 그럴듯합니다. 그렇다고 위에 그린 동그라미를 네모라고 하겠습니까, 세모라고 하겠습니까? 그저 다 찌그러진 동그라미들입니다."

걱정하지 않아도 되는 이유를 알게 된 후로는 앞에서 말한 "외지인인가 보다"라는 문장을 입에 달고 산다. 누군가 나에게 무례하게 굴면 "외지인인가 보다. 나를 잘 몰라서 저러는 걸 보니", 일이 잘 안 풀릴 때는 "외지인인가 보다. 아직 나랑 호흡이 안 맞는 걸 보니"라고 되뇐다. 짧은 문장이지만 "외지인인가 보다" 하고 생각하면 내 마음이 한 박자 쉴 수 있게 된다. 외지인은 말 그대로 '바깥'에 있던 사람이라 내가 조종할 수 있는 존재가 아니다. 내 역량으로 바꿀 수 있는 환경이 아니라는 걸 받아들이기 시작하니까 꽉 쥐고 있던 주먹을 펼 수 있게 되었고, 하루하루를 소소하지만 즐겁게 보내는 자세를 배울 수 있었다. **내 마음대로 안 되는 것에 집착하거나 걱정하거나 불안해한다고 해서 안 되던 게 되지는 않는다. 캄캄한 상황 속에서 우리가 해야 하는 건 '붙잡기'가 아닌 '내려놓기'이다.**

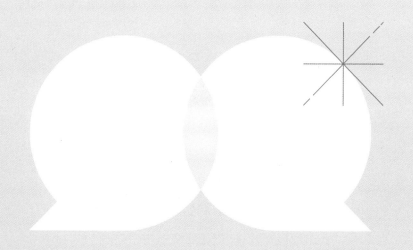

내 마음 같지 않은 하루, 인간관계에

너무 집착하거나 걱정하지 말자.

항상 똑같은 일만 오지 않는 삶에서

붙잡기가 아닌 내려놓기도 필요하다.

또 오해하는 말
더 이해하는 말

2022년 01월 19일 초판 01쇄 발행
2022년 02월 10일 초판 02쇄 발행

글 조유미

발행인 이규상 편집인 임현숙
편집팀장 김은영
책임편집 정윤정 교정교열 김화영
디자인팀 최희민 권지혜 두형주 마케팅팀 이성수 김별 김능연
경영관리팀 강현덕 김하나 이순복

펴낸곳 (주)백도씨
출판등록 제2012-000170호(2007년 6월 22일)
주소 03044 서울시 종로구 효자로7길 23, 3층(통의동 7-33)
전화 02 3443 0311(편집) 02 3012 0117(마케팅) 팩스 02 3012 3010
이메일 book@100doci.com(편집·원고 투고) valva@100doci.com(유통·사업 제휴)
포스트 post.naver.com/h_bird 블로그 blog.naver.com/h_bird
인스타그램 @100doci

ISBN 978-89-6833-356-9 03810
ⓒ조유미, 2022, Printed in Korea